Marion Jana Goeritz

Emilia Sommerfeld

Bibliografische Information der Deutschen Nationalbibliothek:

Die Deutsche Nationalbibliothek verzeichnet diese Publikation in der Deutschen Nationalbibliografie; detaillierte bibliografische Daten sind im Internet über http://dnb.dnb.de abrufbar.

© 2016 Marion Jana Goeritz

Coverbild: Marion Jana Goeritz

Herstellung und Verlag: BoD – Books on Demand, Norderstedt

ISBN: 978-3-7392-3787-9

Inhaltsverzeichnis

Prolog 7
Irland in ihren Augen 9
Emilias Geburtstag 65
Emilias Gefühle 84
Das erste Date 104
Ein guter Tag 115
Im Land Unbekannt 130
Ein Geheimnis wird laut 146
Die erste Begegnung danach 172
Epilog 187

Prolog

Eine Geschichte zweier Seelen, die sich fanden, um Vergebung zu finden.

Eine Geschichte über Liebe, Schmerz, Vergebung und Freundschaft.

Emilia Sommerfeld, eine Frau Anfang vierzig, trennt sich von ihrem Mann emotional, und lernt den jüngeren Emanuel kennen. Er nähert sich ihr, auf eine sehr erfrischende Art, doch Emilia traut dem Frieden nicht. Nach einigen Begegnungen mit ihm, kann Emilia mit Hilfe von Madame Bourness herausfinden, warum sie sich so, durch diesen Mann angezogen fühlt. Doch da ist noch etwas anderes, was Emilia fühlt. Sie geht dem nach, und wird zu Emanuels Wahrheit geführt. Ein Geheimnis ist gelüftet.

Diese Geschichte ist erfunden, und doch entsprang sie meinem Gefühl.

Alles Glauben, alles Gefühl und manchmal eben, alles nur noch Chaos.

Irland in ihren Augen

Nichts kann Emilia so aus ihrer Fassung bringen, wie eine alte Straßenbahn, die bimmelt und die, wie ein Traumbuch, durch die Straßen ihrer Stadt kreist. So, wie viele ihrer Tage, fährt Emilia auch heute, mit Bahn 7, durch die engen Gassen, vorbei an den kleinen Geschäften, diese noch nicht geöffnet haben und vorbei, an dem riesigen Plakat, das sie anspricht, so als möchte es sagen, „Guten Tag Emilia, komm auf die Insel, zur rauen See, zu den grünen Hügeln und zu einem Menschen, der dich kennenlernen möchte."

In Emilias Herzen macht sich immer wieder dieses Fernweh breit, immer wieder, diese Sehnsucht nach Irland. Doch woher kommt sie? Noch nie war sie im Ausland und schon gar nicht, in Irland. Aber, es zog sie so sehr in dieses Land.

„Der Liebesgarten", ist die nächste Station und Emilia wird dort aus der Straßenbahn aussteigen. Von da aus, ist es nicht mehr weit, bis sie zum Haus der Gärtners kommt. Fünf Tage die Woche, geht sie in deren Haushalt putzen. Ja, es ist kein Traumjob und eigentlich, würde sie etwas ganz anderes tun, doch keine ihrer gefühlten, tausend Bewerbungen, brachte ihr irgendeinen Job ein. Darüber hatte sie schon nachgedacht, an was das liegen könnte.

Ihr Kleidungsstil ist gut, ihr Engagement unübertroffen, ihre Zeugnisse überzeugend. Doch warum stellte sich bei ihren Bewerbungen kein Erfolg ein?

Nur zu Hause sein, nichts zu tun zu haben, das ist Emilia ein Greul. So suchte sie sich einen Job, in einer Familie, als Haushaltshilfe.

Familie Gärtner ist sehr nett. Sie haben zwei Jungen, die werden in diesem Herbst eingeschult.

Die Straßenbahn hält, und Emilia geht nun zu Fuß, zur Mozartstraße 13. Im dritten Stock des Hauses, liegt die Wohnung der Gärtners. Meist sind sie nicht da, wenn Emilia putzt, das ist ihr auch ganz lieb. Wenn ihr vielleicht noch einer der beiden, über die Schulter schauen würde, oder gar, die beiden Jungen daheim wären, das würde sie verrückt machen. Die Treppen nach oben zu steigen, macht ihr keine Mühe.

Am Anfang, erinnert sich Emilia, waren es Treppen ohne Ende. Ihre Luft wurde knapp und vor allem, bei ihrer ersten Begegnung, als sie sich der Familie vorstellte, war es ihr peinlich. An diesem Tag, war sie spät dran und total außer Atem, als sie vor der Wohnungstür der Gärtners stand. So läutete sie damals an der Tür und als Herr Gärtner öffnete, fragte er sie als erstes „Um Gottes Willen, brauchen sie einen Arzt?" Emilia erinnert sich, dass sie ihren Kopf nach hinten warf, und sie eine Hand, auf ihre Herzgegend legte. So fühlte sie sich besser Luft bekommen.

Mit ihrer anderen Hand winkte sie ab, dass sollte Herrn Gärtner sagen, das er keinen Arzt rufen müsste. „Nicht?" fragte Herr Gärtner damals zweifelnd nach. Nachdem Emilia sich wieder vom Treppensteigen erholt hatte, antwortete sie ihm „Nein danke. Es ist sehr nett, das sie mir gleich helfen wollten. Ach Gott, ist das mir jetzt aber peinlich. Guten Tag erst einmal. Ich bin Emilia Sommerfeld und hatte wegen ihres Jobs, den sie vergeben möchten, schon angerufen. Ja, was soll ich sagen. Hier bin ich nun. In voller Größe und jetzt auch wieder mit mehr Sauerstoff im Blut."

Herr Gärtner schaute damals Emilia etwas ungläubig an, aber er bat sie, nach dem sie sich vorgestellt hatte, in die Wohnung. „Ja, ich weiß, der Putzjob. Na gut, meine Frau übernimmt sonst die Gespräche. Aber ich denke, es ist in Ordnung, wenn ich das ausnahmsweise übernehme. Sie sind spät dran. Meine Frau wartete eine viertel Stunde, und war doch etwas enttäuscht, dass sie nicht pünktlich da waren, zum verabredeten Termin."

Emilia war das peinlich, sie hätte doch eine Bahn eher fahren sollen. "Meine Straßenbahn ist ein Traumbuch. Sie fährt durch das Gassenviertel und da geht es nicht schneller, aber ich hätte eine Bahn eher nehmen sollen. Es tut mir leid. Ansonsten bin ich sehr zuverlässig."

„Sie wohnen auf der Angerhöhe?"

„Ja, sie kennen das Viertel?"

„Ja, ja, sehr gut sogar. Ich bin dort aufgewachsen. Meine Eltern wohnten bis sie gerufen wurden, in diesem Viertel. Gott hab sie selig.

Na gut. Jetzt mal, zu unseren Vorstellungen, Frau Sommerfeld. Die Wohnung, bitte jeden Tag durch saugen und aller drei Tage bitte Staubwischen. Bei den Zwillingen, bitte etwas feucht die Möbel abwischen, manchmal denke ich ja, es sind Ferkel und keine Kinder. Nebenbei gesagt, von meiner Frau muss ich mir dann immer anhören, ich wäre schon erwachsen zur Welt gekommen." Diesen Satz sprach Herr Gärtner damals leise aus, und Emilia nahm es mit einen Augenzwinkern auf, so wie es auch von Herrn Gärtner gemeint war. Emilia empfand seine Art gar nicht so, dass er sich nicht in andere einfühlen könnte. „Ja Frau Sommerfeld, dann den Müll, täglich bitte nach unten bringen, die Container stehen alle im Hof, und aller drei Tage auch durchwischen. Sollten sie das Gefühl haben, oder sehen, dass doch schon eher mal durch gewischt werden sollte, dann machen sie das bitte. Das Bad hatte meine Frau mir noch gesagt, sollten sie jeden Tag säubern und auch die Küche, und sie würde sich freuen, wenn sie sich mal jeden Tag ein Zimmer vornehmen und das sehr gründlich säubern würden, damit wieder Grund rein kommt. Was sie auch immer damit meint, ich hoffe sie wissen das, ich nämlich nicht. Fenster putzen, einmal im Vierteljahr und auch die Gardinen waschen. Ich meine das reicht. Wenn sie jetzt noch Fragen dazu haben? Bitteschön. Ach so, für sie das wichtigste sicherlich, habe ich noch nicht gesagt, ihr Monatsgehalt. Wir haben da an Euro 450 gedacht. Was meinen sie dazu?"

Emilia konnte sich schon denken, dass es kein Traumgehalt geben würde, aber immerhin hatte sie nur mit Euro 400 gerechnet, und antwortete Herrn Gärtner „Ich bin einverstanden Herr Gärtner."

„Also Frau Sommerfeld, wir wollen erst mal sehen, wie sie das alles so machen, uns muss es natürlich auch gefallen, aber wir sind gern bereit im Nachhinein, noch mal was draufzulegen. Aber wie gesagt, wir fangen so erst mal an. Ihre Arbeitszeit können sie sich fast selbst einteilen, damit möchte ich sagen, das meine Frau und ich so gegen 7 Uhr die Wohnung am Morgen verlassen und 17 Uhr zu Hause sind, dann möchten wir gern, unsere Wohnung sauber vorfinden. Wie sie sich das einteilen, wann sie anfangen und aufhören, ist uns egal, aber immer sauber sollte es sein."

„Das ist großzügig von ihnen. Danke. Ich werde mich bemühen alles zu ihrer Zufriedenheit zu erledigen."

„Na gut Frau Sommerfeld, dann sehen wir uns am Montag. Ich habe ihnen alles gesagt und wenn, noch etwas sein sollte, meine Frau könnte sich dann ja telefonisch bei ihnen melden. Ansonsten verbleiben wir so. Und das wichtigste natürlich, einen Schlüssel für sie, und ich gehe davon aus, das sie wissen, dass hier keine fremden Personen, außer ihnen, etwas verloren haben. Da verstehen wir uns doch?"

„Aber natürlich. Das ist für mich selbstverständlich." entgegnete Emilia und nahm den Schlüssel von Herrn Gärtner in Empfang.

Emilia fühlte sich glücklich, endlich eine Aufgabe zu haben.

Herr Gärtner brachte sie noch zur Tür und verabschiedete sie.

Da Emilia noch nicht wieder nach Hause wollte, entschloss sie sich, noch ein wenig durch das Viertel zu bummeln.

Sie trat aus dem Haus auf die Straße und ging ein Stück.

Und wieder wurde sie durch ein großes Plakat, zum Nachdenken angeregt. Es war so, als ob sich etwas in ihrer Seele melden wollte. Ganz tief in ihr, fühlte sie, das es etwas mit ihren Gefühlen zu tun hatte. Nur was es ist, fühlte sie nicht. Noch nicht.

Sie ging wieder ein paar Schritte, doch etwas hielt sie auf. So blieb sie vor diesem Plakat stehen. Wieder hatte es mit Irland zu tun. „Aber warum zieht es mich dahin?" Etwas in ihr meinte, da wartet jemand auf dich.

Gefühls versunken, stand sie wie angewurzelt da, bis sie ein Mann anrempelte und Emilia fast ihre Standfestigkeit verlor.

„Entschuldigung. Ich war in Eile. Meinen sie, sie können meine Entschuldigung annehmen?"

Emilia lächelte und nahm seine Worte nicht ganz ernst. Schließlich war ja nichts passiert. Er war ihr nicht, auf ihre Füße getreten, hatte ihr keinen Kaffee übergeschüttet, und anrempeln, davon stirbt man nicht. Er klang flapsig. War nicht groß, aber schön, und er hatte etwas, von dem sich Emilia magisch angezogen fühlte. Und obwohl Emilia empfand, dass in seinem Blick etwas Kaltes lag, berührte dieser Blick wohl doch, nicht nur ihr Gesicht, auch ihre Seele und sofort fühlte sie, hier stimmt etwas nicht.

„Wie kann ich es denn wieder gut machen, schöne Frau? Darf ich sie zu einem Kaffee, dort um die Ecke einladen? Die machen den besten Kaffee, hier in dem Viertel."

Emilia lachte und schaute ihn an, wie „Ach ich kenne dich. Warum willst du mir einen Kaffee ausgeben. Ich denke du bist in Eile" Der Fremde sprach weiter: „Oh ich weiß. Mutti hat es verboten. Kind, steig in kein fremdes Auto. Stimmt's? Aber sehen sie eines?"

„Wenn sie mich so fragen, ja, ich sehe sogar viele Autos. Sie etwa nicht?" Das entgegnete Emilia dem Fremden mit einem Tonfall, so, als ob sie nun erschreckender Weise annehmen würde, dass er wirklich nicht sehen könnte. Der Mann sah Emilia etwas irritiert an. Die meisten Frauen hatten immer ganz anders reagiert auf seine Späße. Und da er immer noch staunend, seinen Mund nicht auf bekam, sprach Emilia weiter, „ Aber wie könnten sie dann sehen, das ich schön bin? So gehe ich davon aus, dass sie natürlich auch die vorbeifahrenden oder parkenden Autos sehen können. Stimmt's? Und da ich aber allerdings nicht sehen konnte, ob sie ihr Auto nicht irgendwo ab geparkt haben, könnte es durchaus im Rahmen des Möglichen sein, dass eines der vielen Autos das ihrige ist. Stimmt's?" entgegnete Emilia dem Fremden, der ihr so gar nicht fremd vorkam, aber, dem ein Geheimnis zu umgeben scheint, das fühlte sie bereits.

„Na gut, eins zu null für sie. Dann ist es wohl so, sie gehen nicht mit fremden Männern Kaffee trinken, und schon gar nicht, wenn sie eingeladen werden? Das ist ein Trick denken sie?"

Dabei sah der Fremde, Emilia freundlich an, aber er hatte einen falschen Gesichtsausdruck dabei, auch das bemerkte sie. Etwas in ihm ist, was heraus möchte, das aber keiner sehen sollte. „Ah sie sind schnell. Ja das denke ich." erwiderte Emilia ihm.

„Gut, dann fange ich noch mal an, am Besten wohl von vorn. Entschuldigen sie für den Anrempler. Ich hätte gerade Zeit, möchten sie gern einen Kaffee mit mir trinken, da ums Eck. Natürlich stell ich mich ihnen erst einmal vor. Ich bin Emanuel, wohne hier im Viertel, studiere Germanistik, und ich stamme ursprünglich aus Irland. Für einen Kaffee jetzt bekannt genug? Ach so, ich lade sie natürlich ein."

Nun blieb Emilia ihr Mund kurzzeitig offen stehen. Sie schaute Emanuel an, als ob sie einem Geist begegnet wäre. „Irland."

Doch irgendetwas lies sie wieder fühlen, da passt etwas nicht.

Genau das, war es wohl auch, was sie so anzog. Als ob etwas in ihr sagen würde, finde es heraus, Emilia.

„Gut einverstanden, gehen wir einen trinken, ich habe auch gerade Zeit."

Ob ihm dieser Einwurf etwas sagen würde, wusste sie nicht, doch sie fühlte sich besser, das sie es ihn fühlen lies, das sie seine Lüge bemerkt hatte. Von wegen er sei in Eile."

So gingen sie damals, in das kleine Café und beide unterhielten sich sehr angeregt. Aber sein Gesichtsausdruck? Emilia konnte schon früher bei Menschen fühlen, wenn bei ihnen etwas nicht stimmte, durch einen Blick in ihr Gesicht. Sie wusste nie gleich, was es ist, aber das musste sie auch nicht, doch, dass da etwas ist, dass fühlte sie. Oft hatte sie schon zu ihrem Mann gesagt, mit Dem oder Derjenigen, stimmt was nicht, wenn sie etwas näher mit ihnen zu tun hatten und es hatte sich oft bewahrheitet. Als ob Emilia in die Seelen schauen konnte. Die Zeit war vergangen, und Emanuel, verabschiedete sich von Emilia.

Als er aufstand, kam ein junger Mann herein, er kannte Emanuel. „Fred, du und Kaffee. Was machst du hier, um diese Zeit?"

Der junge Mann sah zu Emilia und grüßte sie, er nahm wohl an, sie gehörte zu Emanuel.

Emilia bemerkte, Emanuels Gesichtszüge änderten sich. Der junge Mann, Fred, sprach noch kurz mit Emanuel, nach dem er sich, von Emilia verabschiedet hatte. Emanuels Gesicht sah auf einmal so aufgeräumt aus, anders hätte Emilia ihr Empfinden nicht beschreiben können. Es schien ihr, als ob das Kalte aus seinem Blick verschwunden wäre.

Emilia, ging dann auch wieder aus diesem kleinen Café, zurück zur Haltestelle. Sie dachte über ihre wundersame Begegnung mit Emanuel nach.

„Dort wartet jemand auf dich." das waren die gefühlten Worte, die ihr, ihre innere Stimme flüsterte. Doch Emanuel ist hier, nicht in Irland. Vielleicht wusste die Stimme in ihr nicht, dass sie diesen Menschen hier treffen würde. Vielleicht war es auch eine Stimme aus einem anderen Leben? Emilia glaubt an Wiedergeburt. Dann hätte sie in einem vergangenen Leben in Irland gelebt und sollte deswegen dahin?

Etwas in Emilia regte sich. Gefühle. Es fühlte sich für sie so an, als ob ihre Seele, Haus und Tor öffnen würde.

Der Fremde hatte etwas in ihr ausgelöst. Er brachte sie zum Lachen.

Hatte sie sich etwa in ihn verliebt?

Der Frühling ist da, die ersten Frühblüher schmücken in der Stadt kleine Zierbeete.

Die warmen Sonnenstrahlen kitzeln Emilias Nase und tanzen lustig durch das Zimmer. Die Vorhänge noch zugezogen, denn sie hat noch keine Lust aufzustehen, doch sie muss. Familie Gärtner ihre Wohnung wartet und das Geld hilft ihr beim Aufstehen. Jeden Tag macht sie ein Zimmer sehr gründlich, wie von den Gärtners gewünscht. Das tut sie jeden Monat und so bleibt alles immer sauber, und dann hat sie noch die anderen Arbeiten, wie Fenster putzen, Gardinen waschen, Wäsche waschen und zum Trocknen aufhängen, bügeln, die Kinderzimmer sehr, sehr ‚sehr gründlich säubern und noch einiges andere mehr, wie Kühlschrank reinigen, Schuhe putzen und, und, und. Einiges hat sie einfach von sich aus getan, ohne das die Familie Gärtner etwas sagen musste, doch sie haben es bemerkt. Manchmal liegt ein Zettel auf dem Küchentisch „Frau Sommerfeld, sie sind ein Schatz, danke."

Das spornt Emilia an, weiter so zu machen, wie bisher und es freut sie natürlich. So ein Lob wirkt Wunder!

Emilia hat schon bemerkt, manchmal ist das Putzen für sie, wie Meditation. Sie denkt nicht nach, und die Ideen, Zusammenhänge, Lösungen, kommen wie von allein. Manchmal besser, als wenn sie über etwas richtig nachdenken muss. Doch immer putzen, damit es so ist, dazu hat sie auch keine Lust.

Gegen 14 Uhr ist Emilia ihre Arbeit getan und sie schließt die Tür hinter sich ab, geht aus dem Haus und als sie auf dem Weg zurück zur Haltestelle „Liebesgarten" ist, trifft sie auf Emanuel. „Emilia. Das ist kein Zufall! Es hat etwas zu bedeuten! Wenn du auch so fühlst, machst du kehrt und gehst mit mir noch einmal einen Kaffee trinken."

Emilia lächelt und denkt „Dieser Mann. Flattern da etwa kleine Schmetterlinge in meinem Bauch?" Wartend auf Emilias Antwort, vernimmt Emanuel „Hm mal sehen. Erst musst du mir eine Frage beantworten. Wie lange lebst du schon hier?"

„Seit genau 35 Jahren. Warum fragst du das?"

„Das möchte ich dir nicht sagen, aber, dafür habe ich noch eine andere Frage.

Wieso studierst du noch? In deinem Alter eher ungewöhnlich oder?"

„Wenn ich ehrlich bin, ich hatte nicht gefühlt, was ich hätte tun können. Es interessierte mich nichts wirklich. Und ich wollte etwas tun, dass mir Spaß macht."

„Aha." entgegnet Emilia lachend und fragt ihn weiter, „Und was machst du mit deinem Studium, wenn du fertig bist?" Mal sehen entweder ich arbeite als Lehrer, aber ich interessiere mich auch für Literatur. Vielleicht schreibe ich mal Bücher oder arbeite mal in einem Verlag? Ich weiß noch nicht genau." Das findet Emilia gut. „Und was hast du gemacht bevor du mit dem Studium angefangen hast? Die Schule hast du doch schon Jahre hinter dir."

Emanuel ist es ein wenig unangenehm, aber irgendwas in ihm, lies es zu, ihr ehrlich zu antworten. „Ich mach Musik. Trete hier und da auf, aber ich schreibe auch gern und so bin ich auf Germanistik gekommen. Ich mag auch gern Schüler unterrichten. Das bereitet mit Spaß." „Verstehe" nickt Emilia zustimmend, und fragt weiter, „Hattest du aber gar keine Lehre oder so etwas gemacht?" „Du willst es aber wissen oder?" entgegnet ihr Emanuel. „Ja schon, es interessiert mich."

„Ich hatte schon Musik studiert." „Ah verstehe." Emilia hat ihre Antworten bekommen und entgegnet nun „Gut, gehen wir einen Kaffee trinken."

Beide setzen sich wieder an den kleinen Tisch im Café, an welchem sie schon das letzte Mal zusammen saßen.

„Und was machst du Emilia?"

„Ich bin eigentlich zu Hause und weil mir das zu wenig war und keine meiner Bewerbungen Erfolg hatte, gehe ich putzen und verdiene etwas, zum Gehalt meines Mannes dazu."

Emanuel rümpft seine Nase. „Putzen? Du hast wohl zu Hause nichts zu putzen, dass du anderen ihren Toilettendreck weg machen musst?"

Emilia traut ihren Ohren nicht. „Warum tut er das? Ist es nicht egal, was man tut. Putzen ist doch eine ehrenwerte Arbeit. Dafür sollte sich niemand schämen müssen."

Emilia kann ihre Tränen fast nicht zurückhalten. Warum tut ihr das so weh, was ihr Emanuel gerade sagte? Es schmerzt sie, tief in ihrer Seele und der Tonfall von ihm, so von oben herab.

„Warst du schon mal auf einer öffentlichen Toilette?" fragt sie ihn. „Ja klar, wer denn nicht?" entgegnet Emanuel ihr. „Und waren sie sauber?"

„Die sollten sauber sein, es ist ja sonst nicht mehr schön." spricht Emanuel. „Aha und glaubst du die werden von allein so? Selbst wenn da niemand mehr in der Toilette putzt, aber Reinigungsmittel müssen sicher von jemanden nachgefüllt werden und auch mit der Bürste, wird wohl der dort Beschäftigte, ab und an mal nachhelfen müssen, und den Boden säubern, damit auch du ein ordentliche Toilette vorfinden kannst. Und meinst du immer noch, es wäre kein Job, wenn man Geld braucht?

Es können eben nicht alle nur studieren und dann doch nur unqualifiziertes von sich geben."

Emilia fühlt sich so sehr verletzt durch Emanuel, am liebsten würde sie gehen. Aber auch Emanuel hat jetzt zu kämpfen, das hatte gesessen, was Emilia sagte.

Emilia ist so sauer auf ihn, sie steht auf und verabschiedet sich mit „Und Tschüss."

Emanuel ärgert sich über sich selbst, dass er so unbedacht gesprochen und damit Emilia vergrault hatte.

Doch warum hatte er das getan?

Schon einige Zeit später war Emilias Verletzung fast verheilt. Sie denkt noch an Emanuels Worte, aber sie schmerzen sie nicht mehr, sie kann sie sich in Erinnerung rufen, ohne das sie es tief in der Seele wieder fühlt.

Emanuel ergeht es ähnlich. Er kann Emilia nicht mehr böse sein. Und er hofft, sie bald wieder zu sehen.

Immer mehr Gedanken und Gefühle für Emanuel, nehmen in Emilia Raum ein. Wenn sie früh erwacht, ist er ihr erster Gedanke und auch am Abend beim Einschlafen, hat sie nur noch ihn im Kopf und auch im Herzen, wie es scheint.

Viel denkt Emilia darüber nach, was dieser Mann an sich hat, das er sie so in ihren Bann ziehen kann.

Doch diese Verletzung. Dieser Schmerz. Was war das? Wie konnte das sein?

Dabei fühlt sie schon, sie hat sich in ihn verliebt.

Wenn sie so darüber nachdenkt, dass er ihr gerade weh getan hatte, kann sie irgendwie nicht verstehen, dass sie doch wieder so stark für ihn fühlt, wie davor, wenn nicht sogar noch mehr. Dabei wurden ihre Gefühle, für ihren Mann weniger, so schien es ihr.

Und so ging ihr eine Frage durch den Kopf „Wie soll ich mit Harald weiter leben können, wenn ich mich in einen anderen verliebt habe?"

Einige Tage später, treffen sich beide vor dem kleinen Café ganz zufällig wieder.

„Hallo, Emilia. Wollen wir es noch einmal versuchen?" Emanuel deutet mit seiner Kopfbewegung an, dass er sich wünschen würde, mit ihr wieder einen Kaffee zu trinken. Emilia zögert, doch willigt ein. „Komm ich gebe dir einen aus." mit diesem Satz öffnet Emanuel die Tür des Cafés und tritt als erster ein. Emilia fällt das sofort auf. Diese Geste gefällt ihr nicht. Sie findet es schön, wenn ein Mann, einer Frau die Tür aufhält oder die Jacke holt, ihr vielleicht diese auch, beim Anziehen hält.

Wieder setzen sie sich an den Tisch, am Fenster und in Emilias Kopf arbeitet es unaufhörlich. „Was war das denn letztens? Warum konnte er mich so verletzen, auch noch mit so einer Kleinigkeit. Er hat mir nicht die Tür aufgehalten, ist auch als erstes eingetreten. Ob er das immer so tut?" Sie scheint Emanuel gar nicht wirklich zu zuhören, doch er erzählt und erzählt und sieht Emilia an, bis er bemerkt, dass sie gar nicht bei der Sache ist. Das macht ihn wütend. „Ich meine, du könntest mir wenigstens zuhören, wenn ich dich auf einen Kaffee einlade."

„Ja klar, dass sehe ich auch so." erwidert Emilia in Gedanken.

Emanuel ist das wohl zu viel. „Warum stimmt sie zu, wenn sie mir doch noch nicht verziehen hat?" das geht ihm im Kopf herum. Er zeigt mit Handzeichen der Kellnerin, das die Bestellung storniert ist, nimmt seine Jacke und geht."

Emilia sitzt noch in Gedanken am Tisch, doch bemerkt, dass Emanuel gegangen ist. Sie fragt die Kellnerin und sie erzählt Emilia, dass er die Bestellung stornierte. Das er mit ihr, erzählte und Emilia gar nicht bei der Sache war, so ist es ihr vorgekommen. „Da nicht viel los ist, schaute ich immer auf euch und musste ein wenig lachen, weil er sprach auf dich ein und du schautest immer in Gedanken vor dich hin. Bis er ging." Emilia ist das nicht egal, und etwas Seltsames fordert Raum in ihr.

Sie würde verstehen, wenn er verletzt wäre, durch ihre Gedankenlosigkeit, doch etwas in ihr sagt, das er es womöglich gar nicht ist. Was ist das für ein Gefühl in Emilia? Jetzt kann sie nur abwarten, ob sie sich mal wieder über den Weg laufen. Dabei kommt Emilia ein Gedanke „So vielen Menschen begegne ich Tag täglich, wieso ihm immer wieder?" Denn immer wieder beschäftigte sie sich mit Emanuel. Sie hat irgendwie gar keine Zeit mehr für ihr eigenes Leben. Und da läuft nicht alles rund zur Zeit. "Aber dieser Mann macht etwas mit mir. Noch nie fühlte ich so eine Leichtigkeit, wie mit ihm, aber auch noch nie solche Verletzungen. Doch warum hängt mein Herz an ihm."

Die Zeit vergeht. Immer wieder und immer beschäftigt sich Emilia mit Emanuel. Beim Ruhen, beim Arbeiten, beim Einkaufen, beim Fernsehschauen, er ist einfach überall. Ihr kommt es so vor, als ob man sie mit ihm in einen Raum eingeschlossen hätte und sie könnte nichts anderes wahrnehmen, als nur ihn. Er ist wie eine Droge für sie. Und ständig entdeckt sie durch ihre Überlegungen mehr. „Ich fühle mich verliebt und es ist schön mit ihm zusammen zu sein, aber er konnte mich schon tief verletzen. Und bin ich mit ihm zusammen, möchte ich gar nicht mehr weg. Er hat so eine Anziehungskraft auf mich, wie noch nie ein Mann vor ihm. Aber ich fühle auch, etwas stimmt nicht. Ich fühle es."

Einige Tage später, treffen die beiden wieder aufeinander.

Nichts schmerzt mehr in Emanuel, als er Emilia sieht. Doch schmerzte überhaupt etwas in ihm? Emilia fühlt, sie sollte sich entschuldigen, das tut sie auch. Emanuel freut das, und er fragt Emilia, ob sie den Weg gemeinsam ein Stück gehen wollen, denn beide laufen in die gleiche Richtung. Emilia ist froh. Es scheint wieder alles in

Ordnung zu sein, zwischen den beiden, und an der Konsumecke verabschieden sie sich wieder. Emilia fühlt Kummer in ihr aufsteigen, sie ist auf einmal unglaublich traurig.

Nach einer Zeit ist dieses Gefühl nicht mehr da, es wurde durch ein Sehnsuchtgefühl ersetzt. Doch woher kommt das? Sie ist doch gar nicht traurig, nicht in diesem Moment. An diesem Tag fühlt Emilia, das erste Mal, dass es nicht ihr Gefühl ist. Warum auch immer, doch sie fühlte es so. Sind es die Emanuels Gefühle?

Irgendwann danach bemerkt sie, dass sie Stimmen in sich vernehmen kann.

Unwahrscheinlich klare und sehr unschöne Worte.

Emilia erschreckt sich. Was ist das? Wo kommt das nun wieder her? Es dauert eine Zeit, bis sie sich traut, die Stimme mit ihrem Gefühl zu fragen, „Wer bist du?" „Ich bin dein Mann, Emanuel." Emilia zuckt zusammen. „Was? Mein Mann?

Mein Mann ist doch Harald." Diese Erfahrung macht Emilia noch öfter danach. Sehr unschöne Worte fühlt sie und sie beginnt sich Emanuel nicht mehr schön zu reden, und trotzdem, fühlt sie sich immer wieder zu ihm hingezogen, doch für sie steht fest, es hat etwas mit ihm zu tun. Sie weiß es einfach, auch, wenn sie es nie beweisen könnte. Als Emilia, ihn mal wieder in der Stadt trifft, fragt sie ihn, ob es etwas gäbe, über das er mit ihr reden möchte. Sie traut sich nicht das direkt anzusprechen, doch sie lässt ihn wissen, dass seit sich beide kennen, sie diese Veränderung in sich wahrnehmen kann und sie ihn dafür verantwortlich sieht. Emanuel meint, es gäbe da nichts zu reden und was sie meinen würde. Emilia ist etwas verunsichert, doch sie entscheidet sich, mit Emanuel darüber zu sprechen. „Ich habe Stimmen vernommen und ich habe gefragt wo sie her kommen. Sie nannten deinen Namen. Du wärst mein Mann. Ich habe vorher noch nie so etwas erlebt."

„Ich weiß nicht, von mir kommt das nicht. Es scheinen deine Gefühle zu sein." Emilia traut seinen Worten nicht und fühlt Unbehagen und möchte eigentlich mit Emanuel nichts mehr zu tun haben. Sie fühlt die Lüge des Mannes und trotzdem immer wieder spukt er in ihrem Kopf herum. Manchmal ist sie so verzweifelt, dass sie weinend auf ihrem Sofa liegt und am liebsten sterben möchte. Sie hat einen liebenswerten Mann, doch sie fühlt seine Liebe nicht und auf der anderen Seite ist ein Mann, den sie nicht kennt, aber in den sie sich verliebt hat und bemerkt immer wieder, etwas stimmt nicht. Wie ein unsichtbares Band, das zwischen den beiden ist, und sie wohl immer wieder zueinander führt, um sich zu verletzen, um doch wieder festzuhalten am anderen, und um doch wieder zu zweifeln an ihren Gefühlen. Ob es ihm auch so ergeht, das würde Emilia zu gern wissen.

Emilias Begegnung mit Emanuel ist schon lange her.

Doch immer noch denkt sie an ihn und auch immer noch, hört sie die Stimmen in sich. Sind sie auch liebevoller, so vertraut, und lassen auch immer mal wieder die Schmetterlinge in Emilia flattern, und doch glaubt sie ihnen nicht. Oft fühlt Emilia Sehnsucht in sich, manchmal auch Kummer, und immer mehr begreift sie, dass es Emanuels Gefühle sind. Doch dann kommen wieder Zweifel. Durch die gefühlten Stimmen, erforscht Emilia, was damit zu tun haben könnte. Seltsamer Weise war ihr auch aufgefallen, das Emanuel manchmal eine Andeutung machte, als ob er wüsste, was sie denkt oder tut. Einmal hatte sie sich aus ihrer Verliebtheit heraus vorgestellt, mit Emanuel zusammen zu sein. Aus dem Grund heraus, das er es vielleicht bemerken könnte, stellte sie sich einen anderen Mann vor mit gleichen Namen, wie sie gemeinsam ausgingen. Beim Treffen dann, meinte

Emanuel, „Ich Emanuel aus dieser Stadt, ..." Emilia wusste damals nicht, aber sie fühlte, das er etwas wissen müsste. Es war ihr peinlich. Manchmal dachte sie sogar beim Liebe machen mit Harald an ihn und sie fühlte sich wieder. „Sind es seine Gefühle, die ich höre?" Anderen Menschen ihre Gefühle hat sie noch nie so wahrgenommen, nicht über die Ferne. Nur wenn sie ihnen gegenüberstand. Hat sie sich spirituell weiter entwickelt durch diese Verbindung zu Emanuel? Aber wenn es der Weiterentwicklung dient, warum fühlt sie so eine tiefe Zuneigung? Sind es also doch ihre Gefühle? Oder die vom Emanuel?

Dass sie immer an Emanuel denkt, wenn sie mit Harald zusammen ist, gefällt ihr nicht.

Es ist nicht richtig. In ihr macht sich das Gefühl breit, nur noch mit Emanuel zusammen sein zu wollen, doch er macht keinerlei Andeutung, was darauf schließen könnte, das er es auch möchte. Die

Stimmen in ihr, ja, die lassen sie oft hören, ich liebe dich. Doch manchmal hat sie dann auch ein Gefühl, dass es Haralds Gefühle sind. Oder möchte Emanuels Gefühl, sie das nur glauben lassen? Wenn ja warum? Wenn er sie wirklich lieben würde, würde er doch als Mann um sie kämpfen. Doch das tut er nicht und so nimmt Emilia an, das die Gefühle die von Emanuel kommen, wenn es denn so ist, nicht ehrlich sind. Und da ist ja immer noch etwas geheimnisvolles, was Emilia fühlt, das noch nicht erkannt wurde, nicht von ihr.

Etwas in ihr lässt sie trotz Zuneigung, immer wieder fühlen, komm diesem Mann nicht zu nah.

Vor vielen, vielen Jahren, bevor sie Harald kennenlernte, fragte sie einen Astrologen um Rat.

Der lies sie damals wissen, das sie einen Mann kennenlernt, und im Jahr darauf heiraten wird und, er merkte noch an, halten sie diesen Mann gut fest. Das geht ihr manchmal durch den Kopf, doch von Harald hat sie sich irgendwie entfernt. Etwas fehlt, so meint sie. Oder hat es andere Gründe?

Schon als Kind hatte Emilia einen Bezug zur Geistigen Welt. Irgendwann, beschäftigte sie sich auch mit Zahlen. Es ging soweit, das sie diese in Buchstaben transformierte und so Botschaften erhielt. Eine davon war „Bis stark". Das es rechtschreiblich nicht in Ordnung war, war ihr klar, aber es war eine gefühlte Botschaft und diese übermittelte die Seele ihrer Mutter, an ihrem Sterbetag.

Doch weiß Emilia bis heute nicht, was sie ihr damit sagen wollte. Vielleicht das Emilia sich in ihrer Familie durchsetzte, mit ihren liebenswerten Gefühlen, aber anders, als man denken könnte. Die Familie wollte von Liebe nichts wissen. Lügen und Streit und wieder Lügen und Streit. Sie fühlte, dass bei Emanuel etwas nicht stimmig ist, und doch fühlte sie Sehnsucht und Zuneigung. Wollte die Seele ihrer verstorbenen Mutter, sie davor bewahren, einen großen Fehler zu begehen. Die Seele fühlte was auf Emilia warten würde? Die Liebesgefühle, die Sehsuchtgefühle in Emilia, und ein unsichtbares Band zu einem Fremden, sollten sie nicht schwach werden lassen, sondern sie sollte stark bleiben? Ihre Mutter gab in den letzten Wochen ihres Lebens Emilia noch zu verstehen, dass sie glaubte, dass Emilia einen guten Fang mit Harald gemacht hatte. Wollte sie sie schützen und ihr damit sagen, geh nicht von Harald weg, er liebt dich? Emilia wollte so lange sie es beeinflussen kann, ehrlich leben. Das gab sie schon als junges Mädchen, an die Geistige Welt ab und so führte sie ein Leben, im Leben ihrer Familie. Es war sehr schwer für sie. Emilia fühlte sich nicht verstanden und schon gar nicht geliebt. Sie wurde belogen, missachtet und bestohlen.

Viel hat sie von sich gegeben. Manchmal zu viel. Später lebte sie noch lange im Elternhaus, weil sie etwas festhielt. Die Angst allein zu sein. Wenn in ihrer Familie sie keiner verstand, wer in der Welt, dann wohl? Und ganz allein wollte sie nicht leben. Später hatte sie mehrere kurze Beziehungen. Doch keine hatte Zukunft. Dabei sehnte sie sich nach einem Menschen, der sie liebt und den sie lieben darf.

Sie lernte Harald kennen. Schon nach vier Monaten verlobten sie sich und zwei Monate später, machte Harald, Emilia ein Heiratsantrag. Sie waren glücklich. Harald ist ein Mann mit guten Manieren, ist liebevoll und gebildet. Damals fühlte Emilia, jetzt wird alles gut. Nun habe ich den Menschen, der mich liebt, mich versteht. Doch Haralds Mutter hatte Probleme mit Emilia. Sie torpedierte vieles. Emilia dagegen gab sich freundlich, aber bestimmend. Und Harald wich nicht von Emilias Seite. Seiner Mutter gefiel das nicht. „Warum sitzt ihr denn immer noch beisammen und händchenhaltend, obwohl ihr schon ein Jahr verheiratet seid. Das müsste doch mal aufhören. Wer bekommt euer Geld, wenn ihr mal sterben müsst?" Das schlimmste war geschehen, als Harald und Emilia zu Besuch fuhren. Emilia schlug Harald vor, dass sie Kuchen zum Kaffee mitzunehmen werden, für alle. Beim Kaffeetrinken, nahm auch Emilia sich ein Stückchen und sagte „ Man sagt, Mohn macht dumm, aber ich esse Mohnkuchen sehr gern." und dabei lächelte sie vor sich hin. „Da passiert bei dir nicht viel" antwortete Haralds Mutter. Emilia sah erschrocken auf, alle anderen am Tisch sahen nach unten, auch Harald. Das verletzte sie. „Das ist aber frech von dir." antwortete Emilia damals Haralds Mutter. Diese hob kein Blick, und aß ihren Kuchen weiter. Doch Emilia lies nicht locker. „Das ist frech, was du gesagt hast."

Doch wieder keine Reaktion. Nach dem Kaffeetrinken fuhren Harald und sie nach Hause. Emilia überlegte. „Was hatte sie dieser Frau getan. Ja, ihr Junge hatte sie geheiratet, aber soll das der Grund gewesen sein." Lange hatte Emilia nichts gesagt, wenn solche Anfeindungen kamen. Und wenn sie Harald darauf ansprach, kamen Erklärungen wie, „Das hat sie so nicht gemeint, oder auch, das habe ich nicht gehört, da war ich nicht im Raum." Emilia aber fühlte, dass ihre Ehe nur eine Chance hat, wenn Harald sich gegen seine Mutter durchsetzen kann. Sie sprach mit Harald. Sie machte ihm ihre Gefühle klar, auch was sie von ihrem Ehemann erwartet. Nämlich, das Harald hinter ihr steht und für sie kämpft, wenn sie im Recht ist. Für Harald war es eine echte Herausforderung, doch er stellte sich dieser und lernte dazu. Nach dem vierten Ehejahr wollte Emilia Klarheit. Sie machte sich mit Harald daran zu ergründen, wer spielt in unserem Leben jeweils die erste Geige, wer die zweite und so weiter. Beide haben sich darauf eingelassen, obwohl Emilia, Harald damit, unvorbereitet traf. Doch beide stellten sich den Problemen. Später kamen leider wieder andere dazu. Harald erkrankte und das nicht nur einmal. Er war froh, dass er Emilia bei sich wusste, und beide hatten zu dieser Zeit noch nicht ahnen können, was da alles noch kommen würde. In dieser Zeit begann Harald sich mit Reiki zu beschäftigen und Emilia zog später nach. Haralds Blutwerte verbesserten sich und heute kann er gut Leben, allerdings mit kleinen Einschränkungen. Doch beide sind froh, dass es aufwärts ging und er seine Werte im grünen Bereich halten kann. Und Emilia sie kämpfte immer an seiner Seite. Alle seine damaligen Krankheiten, machten ihr auch zu schaffen, auch heute manchmal noch. Doch sie wäre auch glücklich, wenn ein Mensch an ihrer Seite wäre, wenn sie ihn bräuchte. Durch das Reiki haben sich beide weiterentwickeln können. So kam, was kommen musste. Von Haralds Eltern, auch von Emilias Familie trennten sich beide. Es zog Ruhe ein. Haralds Werte wurden wieder besser, das wiederum schenkte beiden Mut, auch allein weiter zugehen.

An diesem Punkt in ihrem Leben, fühlte damals Emilia das erste Mal, das sie leer war. An manchen Tagen hatte sie das Gefühl durchdrehen zu müssen, so viel Kampf in ihrem Leben, war da gewesen. Und nun hoffte sie, dass es besser werden würde. Und es wurde besser. Nur die unschönen Erinnerungen hängen ihr noch manchmal nach. Doch was hat das alles mit Emanuel zu tun?

Es gab eine Zeit, wo sie sich leer fühlte und zu diesem Zeitpunkt wünschte sie sich insgeheim einen anderen Mann, denn noch nie hatte sie so darüber nachgedacht, wie zu dieser Zeit, dass sie die Liebe ihres Mannes, nicht fühlte.

Das Regenwasser plätschert gegen die Fensterscheiben.

Bloß gut, heute hat Emilia frei. Endlich Wochenende.

So langsam wacht sie auf und schaut etwas traurig drein.

Sie überlegt schon, was sie so tun könnte. Bei diesem Wetter, da bleibt nur Museum oder Kaffeehaus. Am Besten sie bleibt daheim, und schon wieder ist sie mit ihren Gedanken bei Emanuel. „Ach was ist das bloß. Warum muss ich mich in einen anderen Mann verlieben? Warum fühle ich für diesen Mann etwas?"

Sie steigt langsam aus ihrem Bett, macht sich einen Kaffee, und mit dem Kaffeepott, macht sie es sich auf dem Fenstersims so gemütlich, wie man es eben auf einem Fenstersims haben kann.

Sie schaut in den Regen, sieht den Menschen, auf den regennassen Straßen zu, wie sie mit ihren Schirmen sich manchmal behindern, weil so viele unterwegs sind und weint.

Das geschieht wie von allein. Ihre Tränen fallen in den Pott, den sie in ihren Händen hält, und sie trinkt ihn aus. „Ach Emilia wie willst du glücklich werden, wenn du deine Tränen wieder zu dir nimmst." Diese traurigen Gedanken gehen ihr durch den Kopf und sie fühlt Schwere, diese jedoch auf einmal wie durch Zauberhand nicht mehr da ist.

Im Badezimmer sieht sie sich im Spiegel und ihre geröteten Augen gefallen ihr so gar nicht. Beim Zurecht machen, denkt sie nun darüber nach, sich Informationen über Irland zu besorgen. Sie denkt dabei an das Einkaufscenter hinter der Stadt. Dort gibt es viele Geschäfte, wo sie etwas stöbern kann und sie kann da auch, zu Mittag essen. Der Gedanke gefällt ihr und sie macht sich auf. Jetzt ist Emilia wieder etwas besser drauf. Sie steigt in ihr Auto und fährt stadtauswärts. Sie liest wieder eines der Plakate und plötzlich, hat sie nicht mehr das Gefühl, nach Irland zu müssen. Unverstehend schüttelt sie ihren Kopf, so als ob sie alle Gedanken durcheinander werfen möchte, um wieder die zu finden, die sie genau dahin bringen wollten, wo sie nun nicht mehr hin müsste. Ihre Gefühle für Irland, wie weg, einfach nicht mehr auffindbar. Seltsamerweise fühlt sie sich freier, als je zuvor.

Sie fühlt, etwas in ihrer Seele ist erlöst.

Für Emilia ist es undurchschaubar, was mit ihr gerade geschieht.

Sie macht mit ihrem Auto kehrt und fährt, zurück nach Haus.

Dort hat sie noch im Küchenschrank die Telefonnummer von Madame Bourness, diese ihr mal, vor vielen Jahren, die Karten legte.

Sie wählt die Nummer und fragt nach einem Termin.

Madame Bourness ist sofort bereit ihr zu helfen. „Wenn sie mögen, können sie am

Montag einen Termin haben." Emilia freut sich, doch sie hat gehofft noch heute einen Termin zu erhalten. So fragt sie also nach. „Mein Kind es ist Samstag. Aber ich fühle in dir muss noch einiges aufgelöst werden. Ist es dir in einer Stunde möglich hier zu sein?" Emilia fällt ein Stein vom Herzen und sagt den Termin zu.

Mit der Straßenbahn fährt Emilia zu Madame Bourness. Sie ist eine sehr betagte Frau und Emilia findet, sie hat etwas Mütterliches an sich. Bei ihr fühlt sie sich wohl. Schon früher einmal hatte sie sich ihren Rat eingeholt und war gut damit beraten. Natürlich macht sie das nicht immer, aber, wenn sie es wirklich fühlt, es könnte zu ihrem Besten sein.

Madame Bourness fragt nicht viel. Sie schaut in die Seele.

Emilia hört fasziniert zu, was sie alles sieht.

„Es gibt einen Mann für sie, der sie von Herzen liebt. Diesen halten sie auf Abstand, da er ihnen wohl immer ähnlicher wurde. Er hatte viel zu kämpfen, doch durch auch durch die Hilfe, ihrer Seele, konnte er wieder, zu meist gesunden. Sie waren immer an seiner Seite, und haben durch diese Hürden, sich ein wenig verloren. Das machte sie leer. Sie fühlen sich allein. Um sie beide herum sah ich viel Niedertracht, Bösartigkeiten und Missgunst. Doch ich sehe auch, dass haben sie weit hinter sich gelassen, alle beide. Sie hatten sich zu viel zugemutet, denn sie mein Kind, kämpften gegen alle. Sie kämpften gegen ihre Familie, gegen die seine, eine machtvolle Mutter sehe ich und sie haben ihm gezeigt, wer er sein könnte, wenn er seine Selbstliebe entdeckt und lebt. Und für sich selber haben sie auch sorgen müssen. An Gefühl war in ihnen nichts mehr da, aber auch, weil die Probleme überall waren und sie nur noch damit beschäftigt waren, sich damit auseinander zu setzen. Sie haben immer wieder über die falschen Dinge nachgedacht. Doch ihre Seele mein Kind, braucht Liebe. Sie möchte schöne Dinge fühlen, hören und sehen. Lassen sie das Vergangene sein. Überlegen sie wie sie ihre Zukunft gestalten möchten, mit dem was ihnen gut tut. Damit meine ich die Menschen und auch die Dinge die für sie wichtig sind, um das sie sich glücklich fühlen. Erkennen sie sich wieder Emilia?" Emilia nickt und Tränen laufen über ihr Gesicht. Madame Bourness verhält sich still und greift nach Emilias Hand. Emilia fühlt die Anteilnahme. Als Emilia sich wieder gefangen hat, spricht Madame Bourness weiter. „So mein Kind schauen wir mal weiter. Du bist eine Seelenheilerin. Du hast schon damit angefangen, in deinem Umfeld. Dein Mann. Dir kann niemand etwas vormachen. Du siehst den Menschen in ihre Seele, wie sie wirklich sind. Und du kannst auch fühlen. Damit machst du vielen Menschen Angst, sie fühlen deine

Wahrheit, wenn vielleicht auch nur unbewusst. Doch auf diesem Weg darfst du großes vollbringen. Du dürftest keinen gut bezahlten Job haben. Aus dem Grund, es sind jetzt die Vorbereitungsjahre für dich, für dein Tun. Eigentlich solltest du gar keinen haben, wenn dann ein Zubrot. Aber für dich wird gesorgt sein, auch für deinen Mann. Du hast eine sehr liebenswerte Seele, und du bist ihr sehr ähnlich. Das was du erlebt hast, hat dir gezeigt, dass du Menschen, wenn sie für wahre Hilfe offen sind, helfen kannst, neue Wege zu gehen. Und nur wer solche Wege geht wie du, sie gehen musstest, kann wirklich helfen. Denn du hast Einsamkeit in Kauf genommen, um aus dem Sumpf der Niedertracht zu steigen, das schaffen die wenigsten, Emilia. Emilia du müsstest bald einen Mann kennenlernen, oder du hast ihn sogar schon getroffen, wenn, dann aber nur kurz. Dieser Mann könnte dich faszinieren, und hat etwas mit dem Ausland zu tun, was dich anziehen wird, ist seine Seele. Euer beider Seelen, haben schon mehrere Leben gemeinsam verbracht." Emilia fühlt Madame Bourness hat recht, mit allem was sie ihr sagt. Es stimmt sie fühlt sich von Emanuel angezogen und weiß aber nicht, warum. „Es stimmt. Ihn habe ich schon getroffen. Er wohnt hier, stammt aber aus Irland. Etwas zieht mich zu ihm, aber ich fühle auch, das etwas nicht stimmig ist." „Emilia ich könnte es dir sagen, doch sehe ich, du wirst es ganz allein herausfinden."

Zu gern hätte Emilia alles gewusst, „ Doch Madame Bourness wird schon wissen, warum sie mir das so sagt." denkt sich Emilia.

Zu Hause denkt sie noch über das Gespräch mit Madame Bourness nach, und sie meditiert. Es dauert ein Stück bis sich so fallen lassen kann, dass sie an nichts mehr denken muss. Dann kommen Visionen. Ein Mann, hat seine Hände an ihrem

Hals, das ist die erste Vision und die zweite, sie sieht sich hochschwanger allein, brüllend auf einem Stuhl. Die Zeit, etwa 18.Jahrhundert. Sie fühlte, sie wollte gehen, weil sie das Kind eines anderen unter ihrem Herzen trug. Er schwor sich, sie zu finden, wo immer sie auch sein würde und ihr Leben zu zerstören, in dem er sie auch betrügt.

Emilia fühlt, sie soll diese Seele um Vergebung bitten, dass sie in einem früheren Leben von ihr gegangen war. Das tut sie. In diesem Moment fühlt sich Emilia erleichtert. Spürbar transformierte sich eine Energie. Und sie glaubt auch, dass der Wunsch nach Irland reisen zu wollen, damit zu tun hat. Erst nach der Begegnung mit Emanuel, war dieser Wunsch nicht mehr in ihr. In der ersten Vision, sah sie auch hügeliges Land. Auf einem Hügel vor einem Haus, standen beide, der Mann und sie.

War es dass, was Madame Bourness andeutete, sie würde es allein herausfinden?

Das würde ja heißen, sie hätten in einem früheren Leben in Irland gelebt und weil sie die Seele verlassen wollte, fühlte sie Schmerz und wollte sie diesen auch fühlen lassen.

Emilia erinnert sich an den Schmerz den sie fühlte, als es um ihre Arbeit ging. Sollte es das gewesen sein? Oder kommt noch was? Fühlt sie in sich hinein, fühlt sie, da ist etwas anderes gemeint.

Und Emilia hatte doch schon um Vergebung gebeten, sollte da trotzdem noch etwas sein, was ihr noch in diesem Leben weh tun könnte in Bezug auf Emanuel?

Sonntag und noch einmal frei. Sonnenschein, auch leichte Schauer. Emilia fühlt sich gut, und sie hofft es wird ein guter Tag.

Das Telefon klingelt und Harald ist dran.

„Ist es in Ordnung, dass ich dich jetzt anrufe Emilia?"

„Harald. Was wird das denn? Ja klar. Wie geht es dir?"

„Ja, wir lernen hier nicht sehr viel neues, aber, es wird noch mal aufgefrischt. Wie soll es mir gehen? Du fehlst mir mein Schatz."

„Du mir auch." erwidert Emilia, doch so richtig wahr ist es nicht. Manchmal glaubt sie, er fehlt ihr nur, weil sie nicht gern allein ist, und seine Worte, kann sie auch manches Mal nicht mehr annehmen. Sie fühlt sie nicht.

Die beiden reden nicht allzu lang. Nur was am Abend im Fernsehprogramm läuft und über die Arbeit oder Haralds Seminar.

Schon einige Jahre fühlt Emilia nicht, das was Harald sagt. Er sagt oft, das er sie liebt und auch vermisst, wenn sie nicht bei ihm sein kann, aber fühlen, fühlen tut Emilia das nicht. Doch sie hofft, dass es noch mal anders werden könnte. Nur wusste sie noch nicht wie. Dabei lag die Lösung schon so nah.

Es gehen noch einige Wochen ins Land. Harald ist wieder zu Haus, und Emilia fühlt sich hin und her gerissen. Auf der einen Seite ist sie froh, dass er da ist, aber auf der anderen Seite, sind da seine ständigen Liebesbekundungen. Manchmal würde sie am liebsten wegrennen. Küsschen am Morgen und Winken am Fenster, Küsschen am Abend und drücken, ich liebe dich mein Schatz, mein Engelchen, und, und, und. Manch eine Frau wäre sicher verrückt nach so einem Mann, aber etwas in Emilia ist das alles zu viel. Sie braucht etwas Freiraum, aber vor allem braucht sie Liebe. Und sie ist sich sicher, wenn sie Haralds liebe Worte immer fühlen könnte, wäre sie wahrscheinlich glücklicher. Vor einigen Jahren, hatte sie Harald schon einmal gebeten, ihr nicht nahe zu kommen für eine Zeit. Er glaubte wohl, sie scherzte. Doch sie meinte es ernst. Ihrer Seele tat es gut. Sie fühlte sich da wie befreit. Auf ihre Frage, warum Harald ständig mit ihr schmusen mochte und Liebesbekundungen abgab, antwortete er ihr, weil er sich da besser fühlte. Doch Emilia war das zu viel. Es war, wie ein Schlag ins Gesicht für sie. „Was ist mit mir? Er dachte gar nicht an mich, nur an sich?" So sprachen sie miteinander, dass Emilia ihre Freiheit brauchte, wusste er schon, sie hatte es ihm immer wieder gesagt. Doch Harald fiel wieder in alte Muster zurück. Sie sprach dann noch einmal mit ihm, viel eindringlicher, als das letzte Mal, und lies ihn wissen, das sie so nicht mehr weiter machen konnte, auch wenn es ihn verletzte, aber auch sie musste an sich denken. „Harald ist dir noch nie aufgefallen, das immer nur du mich küsst, am Morgen und am Abend und das du, immer nur schmusen kommst, dann aber noch so verblendet bist und zu mir sagst, du Schmusemaus. Das bin ich nicht, das bist du. Aber das lässt mich wissen, dass du dir das auch mal anders gewünscht hättest. Doch wie soll ich zu dir kommen, wenn du immer schon da bist? Das geht nicht!"

Harald ist einsichtig, denn er fühlt dass Emilia es ernst meint. Beide finden eine Lösung. Harald zieht sich zurück und macht sich Gedanken über sein Leben und das mit Emilia, und hofft, er schafft es Emilias Wünsche zu verarbeiten und zu respektieren.

Emilia dagegen denkt oft über beide Männer nach.

Hat Haralds Seele vielleicht auch in einem ihrer vergangenen Leben schon eine Rolle gespielt?

Etwas in ihr fühlt das so.

Das könnte einiges erklären. Die Gefühle für Emanuel, dessen sie aber sich nicht sicher ist, weil der Mann sich nicht dazu äußert, und dann, die Gefühle von Harald, diese er ihr entgegen bringt, sie diese aber nicht fühlt. Für ihn muss es doch schlimm sein? Obwohl Harald behauptete, er würde sich durch sie geliebt fühlen. Emilia verstand es nicht. Schickt jemand anderes Gefühle durch ihre Seele, damit Harald bei ihr bleibt, bis sie seine Gefühle wahrnehmen kann? Dass würde ja heißen, sie hätte Gefühle für ihn, und das es jemand sehr gut mit ihr meinen würde. Sind es die Engel, die Harald bei Emilia halten? Oder ist es seine Angst, wenn Emilia weggehen würde, könnte er wieder mehr erkranken? Aber ist das Liebe? Emilia hat manchmal Angst. Ganz tief in ihr, spürt sie Angst, das ihr Leben noch etwas bereithält, das ihr nicht gefallen könnte und im nächsten Moment wieder ist alles weg und sie fühlt sich beschützt.

Das Gefühlschaos ist perfekt.

Emilias Geburtstag

Harald ist nun auch aufgestanden und macht sich seinen Kaffee selbst, heute Morgen. Emilia musste schon sehr früh bei den Gärtners sein. Diese fahren in Urlaub und möchten Emilia noch einiges erklären, was sie in ihrer Abwesenheit tun sollte. Es ist nichts weltbewegendes, es geht einfach nur um ein paar Wege, die Emilia besorgen soll. Die Anzüge in die Wäscherei bringen und einen großen Blumenstrauß an Oma Hertha senden, oder wenn Emilia möchte, darf sie gern auch vorbei schauen, mit lieben Grüßen von Gärtners und sie sollte auf jeden Fall ausrichten, das sie alle vier vorbeikommen, wenn sie aus dem Urlaub zurück sind. Frau Gärtner hat es Oma Hertha schon am Telefon gesagt, aber sie ist sehr betagt und vergisst schon manchmal einiges. Frau Gärtner hat eine kleine Liste gemacht und sie Emilia übergeben. Der 27. ist Oma Herthas Geburtstag. „Uui, da ist auch mein Geburtstag." sagt Emilia. „Oh, dann Emilia, senden sie den Blumenstrauß bitte per Fleurop und lassen auf die Grußkarte alles schreiben. Ich möchte sie an ihrem Geburtstag, nicht damit belästigen. Sicher haben sie da auch gut zu tun. Wenn sie mögen, brauchen sie an diesem Tag nicht putzen kommen. Also, wenn ich mir das so überlege, dann kommen sie in den vierzehn Tagen unseres Urlaubes mal vorbei, schauen nach den Blumen und lüften sie die Wohnung. Das reicht glaube ich auch, wenn sie das nur zwei oder dreimal, in dieser Zeit machen. Ach und leeren sie bitte unseren Briefkasten. Ist das für sie so in Ordnung Emilia?" Emilia freut sich, aber auf der anderen Seite hätte sie natürlich weniger Lohn. „Ja, ich sehe das auch so, nur das Geld wird mir fehlen."

„Ja das verstehe ich Emilia, aber wir werden eine Lösung finden."

Emilia lächelt „Ich wünsche ihnen allen einen erholsamen Urlaub." Frau Gärtner bedankt sich herzlich bei Emilia und sie verabschiedet sich ebenso herzlich.

Es ist ein schöner Tag und Emilia ist guter Dinge. Was könnte sie nun in dieser Zeit tun?

Als sie noch durch die Straßen geht, kommt sie an dem kleinen Café vorbei, in dem sie mit Emanuel schon mal war. Sie lächelt. „Ein verrückter Kerl, aber liebenswert." denkt sie sich. „Aber trotzdem, der hat was, was ich noch nicht weiß, und ich möchte es gern herausfinden."

Von der anderen Straßenseite hört sie einen Mann rufen „Emanuel, hey alter Junge!" Emilia bleibt fast ihr Herz stehen. Ihre Augen suchen nach Emanuel und da, sie haben ihn erspäht.

Ein bezauberndes Lächeln geht über ihr Gesicht.

Dieser Mann, ist ihr nicht egal.

Zu gern, würde sie nun wissen, über was sich der andere Mann mit ihm unterhält.

Doch beide sind nicht so weit entfernt voneinander, dass Emilia nicht sehen könnte, das Emanuels Gesicht, wieder einen anderen Ausdruck erhält, irgendwie weicher.

Emilia geht weiter und auch die beiden Männer trennen sich.

Doch Emanuel ist nicht blind, auch er findet Gefallen an Emilia, an ihrer Art, wie sie sich gibt. Doch ist sein Bedürfnis, von dem Emilia nie etwas erfahren soll, sehr speziell und für Emilia würde es sehr verletzend sein.

Schnell huscht er über die Straße, geht ihr hinterher, so, als ob er sie sonst, nie wieder sehen würde und spricht sie an. „Es ist wohl mal wieder Zeit, dass wir uns über den Weg laufen, was?"

Er lacht Emilia an und auch sie lächelt „ Emanuel, ich habe dich vorhin auf der anderen Seite gesehen, mit einem jungen Mann, aber ich wollte nicht rufen."

„Ok, ich bin ja jetzt da."

„Wo gehst du hin? Oder kommst du von irgendwo her?"

„Ich war bei den Gärtners meine Arbeitsliste holen." „Ach du bist immer noch bei der Familie beschäftigt?" Und bevor Emilia das falsch verstehen könnte, spricht er gleich weiter.

„Wir haben uns schon oft getroffen, und immer war der Zufall im Spiel. Oder Schicksal ? Ich glaube ich kann es wagen. Willst du meine Frau werden?" Emanuel guckt dabei ganz ernst.

„Emilia, ich frage dich noch einmal. Möchtest du meine Frau werden?" Emilia lacht köstlich. „Emanuel, damit macht man keine Witze. Damit kannst du Herzen brechen."

„Deines auch?"

Emilia sieht ihn an und am liebsten würde sie ihm, um seinen Hals fallen. Aber etwas in ihr fühlt, dass dies grundverkehrt wäre, und außerdem, hat sie sich mit Harald wieder etwas angenähert, außerdem ist sie ja schon verheiratet. Doch wenn sie Emanuel sieht, kommen ihr Zweifel, ob Harald noch der Richtige für sie ist. Er ist so anders, er greift immer gleich an und das bringt sie zum Lachen. Sie ist sich bewusst, das diese Frage nicht ernst gemeint ist, doch etwas in ihr, fühlt das nicht und das lässt sie unsicher werden. Sie muss sich schwer zurück halten und antwortet ihm:

„Ja wenn du es nicht ehrlich meintest mit mir, sicher, dann könntest du ohne weiteres, mein Herz brechen. So wie jeder andere Mann auch, der es nicht ehrlich meinen würde. Doch umgekehrt geht das auch, Emanuel." Und diesen letzten Satz sagt Emilia mit einem Nachdruck, als ob sie fühlen könnte, dass er es darauf anlegen könnte, ihr weh zu tun. Und sie sagt ihn, mit einem Unterton, dieser Emanuel sagen soll, pass auf, wie du mir, so ich dir, ich kann auch ganz anders. Pass auf!

Emanuel fühlt die Botschaft. Woher auch immer, aber er fühlt in sich eine Verkrampfung. Am liebsten hätte er zu ihr gesagt:

„Jetzt bin ich baff. Emilia, bist du verliebt in mich?"

Doch das lies er sein. Etwas in ihm lies ihn wissen, spiele nicht mit dieser Frau, sie ist anders. Manchmal meinte Emanuel sich in Emilia zu entdecken, und auch Emilia konnte Emanuel verstehen. Entweder es kommt gefühlsmäßig Liebe bei ihr an oder eine Verletzung. Sind ihre Seelen miteinander so stark verbunden? Oder waren ihre Seelen mal eine Seele?

Emilia lässt ihre Augen über die Straße wandern und fragt Emanuel „ Aber erzähle, wo geht es für dich jetzt hin? In die Uni?"

„Ja. Aber, wenn du mich nicht heiraten willst, muss ich mir was einfallen lassen, wie ich dich umstimmen könnte."
„Kannst du auch anders Emanuel?"

Emanuel schaut sie lachend an, er weiß, er bringt sie mit seinen Äußerungen zum Schmelzen, aber er weiß auch, dass er für Emilia nicht das empfindet, was sie für ihn. Er mag sie. Mag er sie?

„Klar kann ich auch anders. Aber nur, wenn du mit mir einen Kaffee trinken gehst." Emilia lacht und ihre Augen leuchten wie zwei Sterne am Nachthimmel, dass jedenfalls hat Emanuel bemerkt. Als beide im Café sitzen, haben sie doch tatsächlich auch ernsthaftere Themen, worüber sie sprechen. Emanuel erzählt aus seiner Vergangenheit, auch Emilia. Sie stellen fest, einiges ist parallel gelaufen. Vor allem das Ungute.

Und immer mehr kommen sie sich näher, ohne das es ihnen in diesem Moment schon bewusst wäre, und keiner von beiden weiß, dass diese Annäherung, ihr beider Leben verändern kann.

Nach einiger Zeit bricht Emilia wieder auf. Und Emanuel macht wieder sein Herz auf. „Wenn also meine Nochnichtehefrau schon gehen möchte, mach ich mich, auch auf die Socken."

Emilia zieht ihre Jacke schnell über und dreht sich Emanuel zu, und sagt „Das möchte ich gern noch sehen, das mit den Socken."

Emanuel lacht und geht gemeinsam mit Emilia zur Tür und dann hinaus auf die Straße. „ Du verrückter Kerl, jetzt geht er wirklich in Socken." Emilia lacht und dabei legt sie ihre linke Hand auf ihr Herz. Emanuel dagegen ist schon ein Stück entfernt von ihr und geht nun seiner Wege.

Emilia fühlt sich beschwingt und denkt sich so, „Ob er wirklich bemerkt hat, das ich mich in verliebt habe?" Diese Gedanken schiebt sie schnell wieder weg, denn, wenn auch ein schönes Gefühl für Emanuel da ist, fühlt sie doch, dass ihn ein Geheimnis umgibt. Hat das noch mit der Vision zu tun aus einem vergangenem Leben, und ihre Seele lässt es sie fühlen?

Die Straßen werden immer voller. Die Sonne lacht und Emilia ist auf dem Weg nach Haus. Sie nimmt in einer Bäckerei noch Brötchen mit und wird mit Harald ein zweites Frühstück machen, wenn er schon wach ist. Harald derweil, ist unterwegs zum Reisebüro.

Er hat eine besondere Überraschung geplant. Gern würde er mit Emilia nach Irland reisen. Seine Erinnerung ist noch wach, das Emilia einmal davon erzählte.

Nachdem er gebucht hat, muss er sie nur noch davon überzeugen, dass sie sich mal diese Tage frei nimmt. Fast gleichzeitig treffen beide in der Wohnung ein. Emilia setzt das Wasser für den Kaffee auf und Harald sieht ihr zu.

„Übermorgen ist dein Geburtstag, ich hätte da eine große Bitte an dich Emilia."

Emilia schaut nicht schlecht und erwidert „Ich glaube es war immer andersherum. Das Geburtstagskind, darf sich etwas wünschen." dabei lächelt sie.

„Ich habe eine Überraschung geplant und ich benötige deine Hilfe dazu. Du müsstest dir von übermorgen an, vier Tage frei nehmen."

„Aha, vier Tage gleich? Du meinst vom 27. bis zum 30.?"

„Ja genau so. Wäre das möglich?"

Emilia geht zu Harald, legt ihre Arme auf seine Schultern und lächelt ihn an. „Ja, das ist möglich. Ich habe die nächsten vierzehn Tage fast frei, bis auf zwei oder drei mal ,wo ich nur Blumen gießen soll, lüften und einiges andere, aber das lässt sich einrichten."

„Prima." freut ich Harald.

Die Zeit bis zu Emilias Geburtstag vergeht ziemlich schnell.

Beide haben ihre Taschen gepackt und am Abend geht ihr Flug. Doch etwas in Emilia rebelliert. Sie hat Flugangst. Am liebsten würde sie wohl zu Hause bleiben. Doch soll sie das Harald antun? Sie fühlt, dass er sich freut und sie fühlt auch, dass er sich mehr freut, als sie. Dabei ist es ein schönes Geschenk.

Doch, wenn sie sich das richtig überlegt, braucht sie das gar nicht einen Urlaub in Irland. Sie möchte glücklich sein und in diesem Moment, denkt sie an Emanuel, und ihr fällt auf, wenn er mit ihr fliegen würde, wäre ihre Angst wie aufgelöst.

Ein großer Kloß in ihrem Magen breitet sich aus.

Ihr ist gar nicht wohl bei dem Gedanken, diesen Urlaub anzutreten. Doch was soll sie tun?

Das ständige hin und her gerissen sein, in ihren Gefühlen. Wann ist das endlich zu Ende? Manchmal fühlt sie sich sehr erschöpft dadurch und weint.

Zu Mittag essen beide in der Stadt. Emilia lädt Harald zum Essen ein. Eine brennende Kerze schmückt ihren Tisch im Restaurant und sie erhalten die Karte. Stille. Am liebsten würde Emilia los weinen. Sie hat ein schlechtes Gewissen, doch gegen ihre Gefühle kommt sie nicht an. War die Entscheidung, sich Harald wieder anzunähern richtig? Immer wieder fühlte sie die Sehnsucht nach Emanuel in sich. Dabei hatte sie ja schon einmal festgestellt, dass es Emanuels Gefühle sind, diese sie, für ihre eigenen hält.

Beide geben sie ihre Bestellung beim Ober auf und sitzen schweigend da. Emilia fühlt Angst.

„Sollte sie denn das Geschenk von Harald annehmen?" Und die Angst die sie fühlt, ist es ihr Gefühl, oder kommt es auch von Emanuel? Fühlt er dass sie mit Harald in Urlaub möchte? Aber warum hat er dann Angst? Hat es mit dem vergangen Leben zu tun? Das seine Seele meint, ihre Seele wäre seine Frau und sie würde somit, mit einem anderen gehen?

Es dauert circa 20 Minuten, dann bekommen sie ihre Speisen serviert. Emilia fühlt, sie soll ihren Mund aufmachen und mit Harald über ihr Gefühl reden und sie würde sich danach besser fühlen.

Nach dem Essen, glaubt Emilia, es ist ein guter Augenblick, um mit Harald darüber zu sprechen, den Urlaub nicht anzutreten.

„Harald, bitte verzeih, ich kann es nur so erklären, dass ich nicht weiß, ob es richtig ist, nach Irland zu fliegen. Ich habe Angst und das hat nicht nur mit dem Flug zu tun."

Harald sieht Emilia entsetzt an. „Das fällt dir jetzt ein?" fragt er entrüstet und Emilia kann ihn ja verstehen, er hat sich darauf gefreut. „Harald, findest du das Geschenk denn wirklich angemessen. Mir so einen Urlaub zu schenken. Bisher hatten wir unsere Urlaube immer gemeinsam geplant. Ich weiß nicht, ich fühle mich gerade überhaupt nicht wohl in meiner Haut."

Harald sein Kopf, hängt fast auf dem Teller vor ihm und Emilia macht dieser Anblick wütend.

„Kannst du bitte gerade sitzen und mich ansehen, wenn ich mit dir spreche?"

In Gedanken ist sie ganz kurz bei Emanuel und sie fühlt sie hätte ihn lieber hier bei sich. Am liebsten würde sie nun auf die Straße gehen und so lange warten bis Emanuel vorbei kommen würde und sie würde laut schreien, ja ich will. Ja ich will deine Frau sein, wenn du bloß gerade sitzt und mich anschaust, wenn ich mit dir spreche.

„Schaust du mich bitte an Harald und sprichst du bitte mit mir darüber."

„Was soll ich sagen, ich gehe Morgen in das Reisebüro und storniere. Das Geld ist futsch. Das bekomme ich nicht wieder."

Emilia ist das nicht egal. Doch sie weiß auch nicht, was sie machen soll. Sollte sie ihm zu Liebe ihre Angst überwinden? Langsam, aber sicher, leiten ihre Gefühle sie genau dahin.

Warum auf einmal?

„Gut Harald, wir fliegen, doch versprich mir in Zukunft, nicht mehr solche, teuren Geschenke zu machen. Dann musst du keine Angst haben, das ich mich nur verpflichtet fühle, weil sie viel Geld gekostet haben."

Harald fiel ein Stein vom Herzen und Emilia fühlt sich auf einmal auch wohler.

Der Abflug naht und beide sind aufgeregt und es stellt sich Freude ein, auch bei Emilia.

Fliegen mag sie überhaupt nicht, aber sie hat es überstanden, viel besser als sie anfangs dachte. Der Urlaub war sehr schön. Sie und Harald, haben sehr viel gesprochen, nicht nur über ihre Beziehung, auch und vor allem, über ihre Eindrücke, in diesem Land.

Und eines war interessant. Gerade als sie dabei war, nicht ständig an Emanuel zu denken, lernten sie zwei Menschen kennen. Beide haben eine sehr herzliche Art miteinander umzugehen, aber sie sind kein Paar.

Am zweiten Abend, sind Harald und Emilia den beiden begegnet und kamen ins Gespräch, es war in einem der Pubs.

James und Virginie sind seelenverwandt. Sie halten sich an den Händen, aber sie sind kein Paar. Sie erzählen sich alles, aber sie sind kein Paar. Sie lieben beide ihre Partner, aber es ist eine andere Art Liebe, nicht so tiefgehend. James lebte erst in Dublin, und lernte damals Virginie auf einen Ausflug kennen. Beide fühlten sofort, dass da etwas zwischen ihnen war. Und weil James unbedingt in ihrer Nähe sein wollte, zog er hier her, in diese Kleinstadt. Virginie blieb verheiratet mit ihrem Mann, der auch wie ein guter Freund mit ihr ist, aber sie war genauso glücklich, wie James, dass er in ihre Nähe zog. Beide empfinden Zuneigung zueinander, aber sie wollen ihre Partner nicht vor den Kopf stoßen, da jeder für sich, auch ein gutes Leben mit ihnen führt.

Beide erzählten Emilia und Harald, dass sich ihr beider Leben trotzdem dadurch zum Positiven verändert hat. Sie fühlen mehr Stabilität und mehr Freude.

Das alles lies Emilia im Urlaub nachdenken und sie fühlte, so eine Verbindung, könnte sie wohl auch mit Emanuel haben.

„Doch wenn man einen Menschen sehr liebt, wie kann man dann mit einem anderen zusammenleben? Das ist doch ein großes Opfer, oder nicht? Für beide Partner."

Einmal dachte sie schon, Emanuel ist der Mann ihres Lebens, dann wieder, doch Harald. Vor dem Urlaub, wieder Emanuel bis sie dann doch wieder, in Harald, den Mann für sich sah. Doch etwas zieht sie zu Emanuel, vielleicht genauso, wie Emanuel etwas zu ihr zieht?

Und dann noch das Geheimnis um ihn, dass sie immer noch nicht gelöst hatte. So wie sie sich durch ihn magisch angezogen fühlte, so fühlte sie sich auch wieder, durch etwas gewarnt. Sie erinnert sich kurz an ihre Meditation, die Seele wollte sie finden und betrügen.

Sie lies das erst mal für sich so stehen und fühlte, etwas wollte erkannt und erlöst werden.

Emilias Gefühle

Seit dem Mittag ist Emilia in der Stadt unterwegs. Sie tätigt Einkäufe. Eigentlich, mag sie das gar nicht so, die Menschenmassen, die immer unterwegs sind. Ständig muss sie schauen, dass sie keinen irgendwie anrempelt und sie kommt auch nur langsam voran.

An der Gefriertruhe schaut sie nach Spinat, Harald isst ihn gern.

Sie hat ihren Einkaufswagen voll und als sie durch die Kasse geht und bezahlt hat, sieht sie Emanuel vorbei gehen. Doch sie sagt nichts. Leicht hätte sie ihn ansprechen können, doch er schien in Gedanken. Sie fühlt, dass sie doch gern wissen würde, wie es ihm geht. Aber ihr ist unwohl dabei, wenn sie ihn ansprechen soll. Dann besser warten, bis er sie irgendwann, vielleicht wieder von allein wahrnehmen würde.

Sie fühlt sich mit ihren 42 wie ein Teeneger, immer wenn sie Emanuel begegnet, da ist es ganz schlimm schön, aber auch, wenn sie nur an ihn denkt. Würden sie wohl auch so seelenverwandt sein, wie James und Virginie?

Nichts wusste sie darüber, bis die beiden von sich erzählten. „Aber sind sie wirklich glücklich, so wie es ist? Beide haben andere Partner. Ist das nicht verlogen? Wenn man sich immer nur bei einer Person wohl fühlt, aber mit einer anderen lebt? Na gut sie treffen sich oft und verbringen viel Zeit miteinander. Vielleicht hilft das ja. Bestimmt sogar, denn die beiden sahen glücklich aus. Kein Wunder sie waren zu der Zeit auch gemeinsam unterwegs.

Und wenn mit mir und Emanuel das auch so ist?"

Emilia fühlt nun wieder in sich tief hinein und stellt für sich fest, dass sie bei Emanuel eine Leichtigkeit fühlt. Obwohl Harald sehr liebenswert ist. Was wäre, wenn es andersrum sein würde? Emanuel ihr Partner und Harald ihr netter Freund?

Emilia fühlt, dass das Harald traurig machen würde. „Aber, muss sie sich opfern, damit Harald glücklich ist? Was ist mit ihrem Gefühlsleben? Ach quatsch, Emanuel hat nur einen besonderen Humor, der will nichts von mir. Emilia komm wieder runter. Du hast Harald und Harald hat dich."

Emilia schiebt derweil ihre Einkäufe zum Auto und verstaut sie.

„Na, hast du alles bekommen?" Harald steht hinter ihr.

„Ach du bist es. Woher weißt du?" „Ich hatte mir das so gedacht und wie du siehst, sind es richtige Gedanken gewesen." Emilia fühlt in sich hinein, und ist schon wieder überfordert, mit der lieb gemeinten Geste von Harald und spricht einfach darauf los „Harald es wäre mir sehr lieb, wenn du, was mit mir zu tun hat, nicht mehr so viel denkst, sondern mehr fühlst."

Harald ist baff und sieht sie erschrocken an. Er hat es nur gut gemeint und möchte auch in ihrer Nähe sein. „Ich dachte ich komme hier her, habe gerade Mittagspause. Ach entschuldige ich fühlte, ich sollte hier her kommen. Besser so?"

Emilia fühlt sich nicht ernst genommen. Weder von Emanuel noch von Harald. „Ich will nicht mehr." denkt sie bei sich und fährt einfach mit dem Auto davon und lässt Harald, auf dem Parkplatz stehen. Diesem bleibt nichts anderes übrig, als wieder zurück in die Firma zu gehen.

Zu Hause schafft Emilia alles aus dem Auto und verteilt es in die jeweiligen Schränke. Als sie fertig ist, macht sie sich eine Tasse Tee und legt sich auf dem Sofa lang. Sie blickt auf die weiße Wand und lässt ihren Gedanken freien Lauf.

„Immer wenn ich an Emanuel denke und dann Harald mich anspricht, flippe ich aus. So, als ob ich nicht mehr mit ihm zusammen sein will. Sollte ich mich trennen? Aber, wenn dann der andere mich nicht will? Selbst wenn es so ist, ist es dann richtig, doch bei Harald zu bleiben?

Sollte ich vielleicht noch einmal Madame Bourness anrufen? Bisher stimmte ja vieles." Sie entscheidet sich dafür und tippt die Zahlen in das Telefon ein. Am anderen Ende nimmt Madame Bourness ab und Emilia legt los.

„Gern, wie ich sie noch in Erinnerung habe, möchten sie es sicher heute noch." „ Ja. Stimmt. Das wäre natürlich wunderbar." antwortet Emilia freundlich. So bekommt sie also noch am Nachmittag einen Termin und freut sich darüber.

Madame Bourness erwartet sie bereits sitzend im Raum, der mit Wahrsager kugeln, Federn und Engeln geschmückt ist. Weihrauch zieht um Emilias Nase.

„Nun dann werde ich jetzt schauen Emilia." Madame Bourness schaut Emilia an, schließt ihre Augen und spricht.

„Sie haben bisher alles richtig gemacht Emilia. Sie haben zu dem Mann zurückgefunden, der sie liebt. Ihre Gefühle jedoch spielen manchmal verrückt mein Kind. Der Mann, der aus dem Ausland, wird ihnen vielleicht näher kommen. Doch es hängt mit Vergebung, aus vergangenen Leben zusammen. Sie haben bereits der Seele vergeben, seine Seele noch nicht. Sie sollten acht geben, und sich nicht zu sehr von ihm einwickeln lassen Emilia. Er ist ein netter Mann, aber seine Gefühle sind nicht echt. Er spielt und überspielt. Er ist noch nicht fähig, ehrlich durch sein Leben zu gehen. Das hat durchaus auch, mit einem vergangenen Leben zu tun. Aber, es könnte sich ändern. Doch für die Ehe mit ihnen ist er nicht vorgesehen, Emilia. Er hat ein Geheimnis, das sie jedoch erfühlen werden. Zur Zeit noch, haben seine Gefühle ein falsches Ansinnen. Ich sehe, dass er in den nächsten 2 bis 3 Tagen wieder auf sie treffen wird. Er liegt mir hier mit Zweifeln und Sorgen. Er hat ein Gefühl, dass sie ihm wichtig sind und dass, das auch andersherum so ist. Mehr möchte ich dazu nicht sagen, weil es auf eure Gefühle ankommen wird, wenn ihr euch näher kennenlernt. Da spielt dann viel mehr rein, als es zur Zeit der Fall ist."

Emilia ist ein wenig erleichtert. Aber von einer Seelenverwandtschaft hat Madame Bourness nicht gesprochen.

Es ist Nachmittag und Harald findet sich zu Hause ein.

„Hallo Emilia ich fühle du bist da."

Emilia bekommt Wut und geht schnellen Schrittes in den Flur. „Wenn du meinst du brauchst meine Gefühle nicht ernst zu nehmen, dann darfst du deine Jacke anbehalten und gehen Harald."

„Was ist denn das? Sag mal, was hat dich denn gestochen? Ich denke, ich soll nicht mehr denken, sondern fühlen. Hast du nicht gehört, ich sagte ich fühle du bist da."

Emilia nimmt Haralds Rucksack und stellt ihn vor die Tür, sie selbst stellt sich an die offene Tür und sagt zu Harald „Bitte geh."

Dieser weiß nicht wie ihm geschieht und geht.

Emilia lässt hinter ihm die Tür ins Schloss fallen und fängt an sich zu beruhigen. „ Seit Emanuel in ihrem Leben eine Rolle spielt, ist es für sie und Harald total stressig. Es erinnert sie an Haralds Mutter. Durch sie bekamen sie auch immer Streit, obwohl sie Kilometerweit weg wohnte. Dann müssten Energien eine Rolle spielen. Fremde Energien sorgen dafür das Etwas kaputt gehen soll? Etwas Gutes? Etwas Schlechtes? Seit sie sich von Haralds Mutter fernhalten, trat bei ihm die

Gesundheit in den Vordergrund, aber sie lernten beide durch die unmögliche Art und Weise von ihr, sich zu behaupten. Sie lernten sich, für ihre Liebe einzusetzen, das was sie leben wollten. Doch da gibt es einen Unterschied. Zur Haralds Mutter fuhr sie nicht allzu gern, manchmal ja, aber meistens nicht, sie wollte immer ihren Willen durchsetzten, und ich musste kämpfen, um das was mir wichtig war. Bei Emanuel war es anders, ich freute mich, wenn ich ihn bisher sah. Wie kommt das? Obwohl ich kämpfte auch, gegen meine eigenen Gefühle der Verliebtheit."

Sie hört den Schlüssel sich im Schloss drehen. Harald ist zurück.

„War ich doch zu derb? Aber was er mir sagte er würde jetzt fühlen, dass kann doch nicht sein Ernst gewesen sein. Das war Geplapper, aber kein Gefühl. Warum versteht er mich nicht? Ach ich brauch Ruhe. Ruhe. Ruhe."

Die Nacht geht und der Tag beginnt, und Harald hat Fragen an Emilia.

„Warum hast du in Irland ständig bei James und Virginie nachgefragt, wie sie ihr Leben leben? Mir kam der Gedanke, bei dir gibt es noch einen anderen Mann. Habe ich recht?

Emilia ich spreche mit dir."

„Ja, es gibt Gefühle für einen anderen Mann, aber nicht so, wie du denkst. Ich habe ihn nicht geküsst oder ein Date verabredet. Wir trafen uns bisher immer von ganz allein und tranken mal einen Kaffee zusammen. Mehr nicht."

„Woher kommen dann die Gefühle für ihn?"

„Das kann ich dir nicht sagen, er rempelte mich eines Tages in der Stadt an und wir gingen danach einen Kaffee trinken. Unterhielten uns und es war sofort ein Draht da. Und ja, dieser glüht bei mir. Mit ihm fühlt es sich so leicht an."

„Was?"

„Einfach alles, sagt mir mein Gefühl, alles fühlt sich mit ihm leicht an und ja, ich fühle mich verliebt. Aber da ist nichts. Wirklich. Außer meine Gefühle, die ich verstecke und er nichts von meiner Verliebtheit weiß. Und manchmal denke ich, vielleicht ist er ein Mann für mich, aber danach kommen auch wieder Gefühle für dich."

„Du willst mir sagen, du bist eine moderne Frau. Einen Mann fürs Grobe und einen für die Seele oder was?"

„Mir gefällt das auch nicht. Weißt du wie ich mich seit Wochen fühle? Das mit meinen Gefühlen, das ich nicht weiß, wie und was, und außerdem, der andere hat kein Interesse an mir. Nicht so wie du denkst. Es ist lustig mit ihm. Ich fühle Freude und auch manchmal viel mehr für ihn, ja, aber er doch nicht für mich."

„Du möchtest mir also damit sagen Emilia, das ich großes Glück habe, weil er dich nicht will. So kann ich bleiben."

„Nein so meine ich das nicht."

„Aber ich fühle es so Emilia."

„Ja dann wird es wohl so sein." antwortet Emilia, Harald.

Emilia stockt. „Harald hat recht. Wenn der andere sie wirklich lieben würde, wahrscheinlich würde sie gehen. Doch dann hätte sie auch Angst. Sie ist wohl ungerecht. Aber es sind ihre Gefühle. Was soll sie nur tun. Am Besten wohl Emanuel vergessen. Wenn er das nächste Mal sie ansprechen würde, würde sie sagen, sie ist in Eile. Eigentlich hat sie mit Harald ein gutes Leben."

Harald steht unter der Dusche und Emilia fühlt zum ersten Mal, das Harald seine Gefühle ernst nimmt.

Das freut sie, in dem ganzen Gefühlschaos, aber sie hat auch Angst. Und sie fühlt, dass diese Art von ihm sie anzieht, mehr als sie es für möglich gehalten hätte. Was ist das nun wieder?

Immer sein verständnisvolles Geplapper, machte ihr schon früher zu schaffen. Sie will wissen woran sie ist. Wenn er sie liebt, macht er ihr das klar, durch seine Gefühle für sie, aber es ist ihm nicht egal was sie fühlt. Sie möchte sich austauschen mit ihm, auch über Gefühle, auch in schwierigen Zeiten, denn sie glaubt, nur so kann man ehrlich miteinander umgehen und es schaffen auf längere Zeit. Und wieder denkt sie an Emanuel, wie er sie hat im Kaffee sitzen lassen, weil sie in Gedanken war. Sie hätte verstehen können, wenn er sich dadurch verletzt gefühlt hätte, aber war seine Reaktion nicht doch übertrieben? Obwohl es hat auf sie Eindruck gemacht. Harald hätte ganz anders reagiert. Er wäre verständnisvoll sitzen geblieben und wahrscheinlich hätte er mir noch etwas geschenkt, damit ich auf andere Gedanken komme. Doch sie hat Angst davor. Angst weder den einen noch den anderen Mann haben zu können. Und der andere will sie ja gar nicht. Er ruft nicht an, hat ja auch nie, nach der Telefonnummer gefragt oder nach der Anschrift, der Mailadresse.

Harald ist aus der Dusche raus und verabschiedet sich schnell von Emilia.

Am nächsten Tag trifft Emilia wieder auf Emanuel. Er lustig drauf wie die letzten Male auch. „Nein heute keinen Kaffee." sagt Emilia gleich zu Anfang. Emanuel fühlt sofort, dass etwas nicht stimmt. „Dann gehen wir ein paar Schritte, wenn du magst." Das gefällt Emilia besser. Sie gehen auf der Promenade, am Fluss entlang. Motorboote fahren auf ihm. Fahrradfahrer überholen beide im Eiltempo. „Ich habe zur Zeit Probleme in meiner Beziehung. „Letztens war ich so wütend auf ihn, das ich ihn vor die Tür setzte, ohne zu zögern."

Emanuel schaut betroffen, so als ob sich gerade jemand von ihm trennen wollte. Was ist das für ein Gefühl in ihm?

Ist es Mitgefühl mit Emilia, weil sie wirklich zu leiden scheint, oder ist es das Gefühl, das sie sich für einen anderen entschieden hat.

Beim Gehen spricht Emanuel, „Das tut mir leid Emilia. Es ist schlimm, wenn man warten muss auf eine Entscheidung, auch wenn man diese selbst fällen muss. Alles braucht seine Zeit. Aber sieh es anders, wenn du kannst. Nimm dir die Zeit, um selber klar zu werden, was du an ihm liebst und warum er nicht gehen sollte. Dann bitte um ein Gespräch."

Bei diesen Worten von Emanuel, fühlt sich Emilia leichter.

Nicht nur weil es ein sehr guter Tipp ist, dies so zu machen, sondern, weil Emilia Klarheit hat. Emanuel möchte nichts von ihr, nicht so, wie sie es sich vorgestellt hatte. Denn sonst hätte er sicherlich jetzt anders reagiert, und wenn es nur durch eine Geste gewesen wäre.

Beide gehen weiter auf der Promenade und trinken nun doch noch einen Kaffee. Emilias Schwere hat sich gelegt. „Und wie geht es dir Emanuel?"

„Danke dass du fragst. Es geht wieder. Letzte Woche war es mir nicht so gut ergangen. Ich hatte viel um die Ohren und hatte eine Klausur verhauen, aber ich kann sie wiederholen."

„Dann wünsche ich dir dass du es schaffst. Weißt du woran es lag? War der Stoff zu schwer für dich?" „Nein, der Stoff nicht, aber meine Gefühle. Ich habe vor Wochen eine Frau ein wenig kennengelernt, doch weiß ich nicht, ob ich mich wirklich richtig verhalten habe."

„Warum denn, habt ihr schon das erste Mal gestritten?"

„Ja, das auch. Ich fühle etwas für sie, von Anfang an und es wurde mehr. Sie ist verheiratet und sie ist anders. Oder mein Gefühl ist anders, als bei den anderen."

„Dann bist du verliebt Emanuel. Das ist doch schön. Wirst du sie wieder treffen?"

„Ich weiß nicht, vielleicht."

„Wirst du ihr es sagen."

„Was, das ich Gefühle für sie habe?" Emilia schaut ihn an und sagt: „Ja klar. Vielleicht geht es ihr ähnlich und Frauen sind da anders, sie sprechen das nicht an. Wir wollen angesprochen werden, Emanuel. Und für Gefühle muss sich niemand schämen, schon gar nicht, wenn man sich verliebt hat, auch wenn der andere sie nicht erwidern kann."

Emanuel sieht Emilia an und würde am liebsten sagen, aber du möchtest doch lieber wieder deinen Mann. „Wenn sie mich nicht will. Dann sterbe ich." denkt Emanuel. Doch dann denkt er sich wieder, was spinne ich herum, ist doch alles quatsch.

„Sprich mit ihr. Ganz egal was dabei rauskommt, du hast hinter her Klarheit, so oder so.

Aber ich wünsche dir, dass sie ebenso fühlt wie du. Wollen wir wieder gehen?"

Beide zahlen ihren Kaffee und Emanuel fragt Emilia, ob er sie wieder sehen darf.

Emilias Augen fallen bald raus, diese Gedanken hatte sie unlängst, dass er nie nach irgendeinem Kontakt von ihr fragte.

„Doch wenn er sich verliebt hat? Warum will er sich mit mir treffen? Er sollte seinen Mut für die andere aufsparen. Vielleicht kann er aber gut mir mit reden. Ich mag unsere Gespräche ja auch." das sind Emilias Gedanken.

„Wenn du wirklich magst, gern. Wann hast du denn gedacht?"

„Vielleicht nächste Woche mal. Hast du am Mittwoch schon was vor? Wir könnten uns im Café treffen."

„Können wir machen, aber ich kann erst Nachmittag, gehe wieder arbeiten."

„Was hältst du von 15.30 Uhr?"

„Perfekt Emanuel."

Die beiden verabschieden sich und gehen ihrer Wege.

Bis Dienstag ist noch weit. Und Emilia denkt über das ganze Gefühlsdesaster nach. Sie ist sich fast sicher, wenn Harald mehr Ansagen machen würde, sie würde bleiben. Doch sie erinnert sich daran, dass sie ihm das, schon einmal sagte vor Jahren. Er hat es versucht, aber er lies irgendwann auch wieder nach. Zur Zeit versucht er es wieder und sie hofft, dass er diesmal den Sprung schafft. Es kann wohl niemand aus seiner Haut. Vielleicht dann, wenn man wirklich überzeugt ist, sich ändern zu müssen, wenn man es fühlt, tief in sich selbst, das man sich ändern muss. Oft denkt Emilia über die Liebe nach. Wenn man liebt, liebt man jemanden, wie er oder sie ist. Aber für Emilia ist das nicht so. Sie liebt, wenn sie sich geborgen, angenommen, geliebt fühlt, durch Ehrlichkeit, Treue. Wenn ihr Partner fremdgehen würde, wüsste sie, selbst wenn sie ihn vorher geliebt hätte, sie könnte nie wieder vertrauen haben, in diese Beziehung. Und ohne Vertrauen braucht man gar nicht anzufangen und schon gar nicht weiter machen. Sie ist irgendwie im Vertrauen, dass er es diesmal schafft, weil er sie nicht verlieren möchte und wenn er ihr entgegen kommt, dann auch sie, ihm. In einer Beziehung gehören Kompromisse dazu, nur allzu groß sollten sie für keinen von beiden sein. Manchmal macht der Glaube an die Wiedergeburt ihr Angst. Sie möchte kein weiteres Leben, zu schwer kommt ihr alles vor, was sie bereits hinter sich gelassen hat. Und die Freude im Leben fehlte, um es zu vergessen, doch dafür hat sie alles verarbeitet und leidet heute nicht mehr darunter.

Das erste Date

Die Wohnungstür geht auf und Frau Gärtner kommt mit den Zwillingen hinein. Diese rennen gleich durch die Räume, so als ob der Teufel hinter ihnen her wäre. „Eure Sachen bitte anständig ablegen, hört ihr bitte." Doch die beiden Lausbuben sind schon anderweitig beschäftigt.

Emilia ist gerade noch dabei den Papiermüll zu binden.

Frau Gärtner lobt Emilia für ihren Fleiß und wünscht ihr nun noch einen schönen Nachmittag.

„Den Papiermüll nehme ich gleich mit, Frau Gärtner, auch ihnen noch einen schönen Tag."

Mit diesen Worten zieht Emilia die Wohnungstür der Gärtners hinter sich zu. Emilia ist es nicht unangenehm, dass sie noch da ist, als Frau Gärtner nach Hause kommt, denn Frau Gärtner ist heute sehr früh dran. Emilia darf sich bis 17 Uhr zeit lassen um in der Wohnung der Gärtners ihre Arbeit zu tun.

Schnell gibt sie das Papier, in die dafür vorgesehene Tonne und geht nun in Richtung Café. Es ist schon 15.35 Uhr und Emanuel wartet vielleicht schon.

Durch das Schaufenster des Café sieht sie ihn schon, am Tisch sitzen. Komischerweise ist dieser Tisch auch immer frei, wenn sie hier sind. Sie öffnet die Tür, und als Emanuel, sie wahrnimmt, hebt er kurz seine Hand und Emilia nickt ihm freundlich zu, so als möchte sie ihm sagen, hab dich gesehen. Sie legt ihre Jacke ab und beide begrüßen sich herzlich. „Tut mir leid, bin ein paar Minuten später."

„Ach das macht nichts, bin auch gerade erst rein Emilia. Und darf ich dich fragen ob es gut gelaufen ist, das Gespräch zwischen dir und deinem Mann? Auf jeden

Fall siehst du besser aus, als letzte Woche."

„Oh wie charmant von dir Emanuel. Freut mich das ich dir heute besser gefalle."

Emilia lacht und auch Emanuel, er weiß wie sie es meint.

„Ja, es ist ganz gut gelaufen.

„Und?" fragt Emanuel nach.

Emilia sieht in seine Augen und lächelt. „Ja du, alles gut. Ich glaube du hast mir einen guten Tipp gegeben. Harald empfindet es auch so wie ich, das er sich anders positionieren muss."

„Das freut mich für dich Emilia, bei mir hat sich da noch nichts getan."

Emilia sieht ihn an, als ob sie ihn ganz genau durchleuchten wollte mit ihren Augen. „Warum nicht? Warum bist du nicht auf sie zugegangen?"

„Ach ich weiß nicht. Sie gab mir das Gefühl bei einem letzten Treffen, das sie doch noch anderweitig interessiert ist. Und ich möchte mich nicht zur Wurst machen."

In der Zwischenzeit trinken beide ihren Kaffee und Emanuel sieht Gedanken verloren aus dem Fenster, zur Straße. Emilia bemerkt, dass etwas nicht stimmt. Irgendwie ist die Luft raus. Von einer anfänglichen Leichtigkeit, ist nicht mehr viel zu spüren, aber es fühlt sich noch vertraut an. Sehr vertraut. „Meint er mich mit der anderen Frau? Er sagt manchmal Dinge, die könnten auch auf mich zutreffen, oder bilde ich mir das nur ein? Ja vielleicht, weil ich mich verliebt fühle, weil ich es mir vielleicht auch wünschen würde."

„Emanuel bist noch hier?"

„Entschuldige klar, ich war in Gedanken."

„Magst du mir erzählen von deinen Gedanken?"

Emanuel schüttelt den Kopf und antwortet „Sei nicht böse Emilia aber nein, ich möchte nicht. Ich muss selbst erst mal klar kommen."

Ein wenig enttäuscht ist Emilia schon, hat sie ihm doch auch ihr Herz ausgeschüttet.

Der Gedanke, dass er es nicht möchte, ärgerte sie ein wenig. Doch warum? Vielleicht vertraute er ihr nicht?

Irgendwie, fühlt sich Emilia heute nicht recht wohl in seiner Gesellschaft, er ist so ruhig und verschlossen. Doch warum hat er dann nicht abgesagt? Ja, wie auch, er hat ja keine Telefonnummer, gar nichts. Er kennt nur ihren Vornamen.

Es ist nun Emilia unangenehm zu gehen, aber wenn er nicht erzählen möchte, was soll sie dann noch hier?

„Emanuel, ich würde dann doch lieber gehen, ist das in Ordnung für dich?"

„Ja klar, gehen wir. Wenn ich ehrlich bin Emilia, fühlst du das auch. Wir waren immer so unbedarft am Anfang. Heute dagegen ist es für mich eher krampfig."

Emilia schluckt und sieht ihn entsetzt an, dass ist wieder ein Stich tief in ihre Seele, aber sie empfindet es auch so und ihr Gefühl lässt zu, das Emanuel wohl Grund ehrlich sein muss. Allerdings, hat das dann wohl, wenig mit Charme zu tun, aber immer besser, als sich und andere anzulügen.

„Ja ich finde ja auch, dass es etwas komisch lief. Wir waren sonst so lustig drauf. Du vor allem. Hat es mit der Frau zu tun? Vielleicht würde es dir ja besser gehen wenn du davon erzählst."

„Ja vielleicht. Vielleicht aber auch nicht. Ich glaube zu fühlen, dass ich eine Abfuhr erhalten würde. Das tu ich mir nicht an."

„Wenn du meinst. Aber du wüsstest dann, ob dein Gefühl richtig war, so müsstest du dich immer fragen, ob es nicht auch anders hätte kommen können."

Emanuel sieht sie an und in seinem Kopf spukt bloß noch Emilia herum, wenn sie nur wüsste, dass es mit ihr zu tun hat. Er kann nicht anders, als er vor Emilia steht, um sich zu verabschieden und küsst sie. Dann geht er ohne sich wieder mit ihr zu verabreden. Emilia bleibt zurück und geht nach ihm raus.

Sie geht ein Stück und sieht sich noch einmal nach Emanuel um. Doch er geht schnurstracks weiter, ohne einen Blick zurück. Sie fühlt sich dabei nicht gut, irgendetwas tobt in ihrer Seele. „Soll ich diese Frau sein? Er küsst doch nicht mich, wenn er in eine andere verliebt ist? Oder doch?" Schnellen Schrittes geht sie zur Straßenbahnhaltestelle „Liebesgarten." Als sie an der Haltestelle ankommt fährt die Bahn gerade los. „Mist zu spät. Jetzt kann ich noch 10 Minuten warten." Noch immer fliegen in Emilia alle Schmetterlinge durcheinander.

Als sie gerade so durch die Menschen sieht, die da alle irgendwohin unterwegs sind, sieht sie Emanuel auf sich zukommen.

„Emilia ich habe dich vorhin angelogen."

„Du hast mich angelogen? Aber wobei denn ? Die meiste Zeit hatte ich doch erzählt."

„Nein Emilia ich auch. Doch du hast es nicht gefühlt."

„Emanuel jetzt machst du es aber spannend."

„Du bist die Frau, in die ich mich verliebt habe. Du Emilia. Doch wollte ich das dich nur glauben lassen."

„Du wolltest mich glauben lassen, dass du dich in mich verliebt hättest? Hab ich das gerade richtig verstanden?"

Emilia würde am liebsten losschreien, so weh tut er ihr gerade. Noch gerade glaubte sie, er wäre ein ehrlicher Mann. Jetzt kommt es ihr so vor, als ob sie nackt vor ihm stünde. Ihre Gefühle missachtet er, und fühlt sich wahrscheinlich noch gut dabei. „Wie konnte er nur!

Warum?"

Sie kämpft mit ihren Tränen und denkt immer zu, „Bloß nicht vor ihm, bloß nicht vor ihm." Wütend sieht sie Emanuel an und gibt ihm zu verstehen, „Ich glaube du gehst jetzt besser wieder, aber genau so schnell ‚wie du hier her gekommen bist."

Emanuel steht wie festgewurzelt da. Irgendwie ist für ihn kein Fortkommen.

„Warum wolltest du mich das glauben lassen?"

„Ich weiß nicht." antwortet Emanuel schnell.

„Emanuel ich empfinde viel für dich. Aber, dass du mich das Glauben lassen wolltest, das du dich in mich verliebt hättest, das empört mich. Das ist verletzend. Besser du gehst jetzt wirklich."

Erleichtert, aber auch etwas traurig kehrt Emanuel, Emilia den Rücken zu und geht.

Emilia lies das Gespräch noch lange nicht los.

In der Straßenbahn sitzt sie und sie denkt nach, dabei sieht sie die kleinen Geschäfte in den Gassen und die Menschen die in ihnen verkehren, und so für ein buntes Treiben sorgen. Doch das interessiert sie gerade gar nicht.

Beim Nachdenken, fällt ihr wieder das mit der Vergebung ein. „Der Mann aus einem vergangenen Leben. War es Emanuels Seele? Es würde passen. Er lässt sie glauben, dass er sich in sie verliebt hat und das ist Täuschung, Betrug und niederträchtig. Emilia ist entsetzt und zu gleich froh, das sie nicht mehr, mit Emanuel hatte, denn sie war oft in Versuchung, wenn er gewollt hätte.

„Mein Gott es haben sich wohl wirklich zwei Seelen aus einem vergangenen Leben wiedergetroffen, ein Wunsch wurde eingelöst und es fühlt sich für mich miserabel an."

Sie erinnert sich an die Vision mit der Gewalt. „Doch warum ging sie zu einem anderen? Weil er immer gewalttätig war? Sonst macht es keinen Sinn. Emilia ihre Gefühle sind außer sich. Was muss sie sich auch mit vergangenen Leben beschäftigen, die bringen sie nur in Rage."

Ein guter Tag

Die ersten Sonnenstrahlen spielen im Zimmer und fallen auf das Haar von Emilia. Zärtlich umschlungen liegen sie und Harald, sich in den Armen. Harald und Emilia haben wieder zueinandergefunden.

Harald wird langsam wach und küsst Emilias Stirn. Auch sie rekelt sich nun in seinen Armen.

Es ist Samstag und beide wissen noch nicht so recht, was sie heute anstellen sollen.

Nach dem sie so richtig aus dem Schlaf erwachen, stehen sie auf und frühstücken gemeinsam.

Harald hat dabei die Zeitung aufgeschlagen und liest darin den Sportteil. Emilia kneift ihre Augen zu und sieht so, in das hineinfallende Sonnenlicht, das durch die

Fensterscheiben des Küchenfensters, seinen Eingang findet.

Emilia fühlt sich wohl in Haralds Nähe und er fühlt sich glücklich, dass sie sich wieder gefunden haben.

„Wollen wir heute in der Stadt zu Mittag essen, Harald?"

Harald sieht hinter seiner Zeitung hervor und nickt zustimmend. „Gute Idee, machen wir."

Emilia räumt zufrieden den Frühstückstisch ab und macht sich danach im Bad zurecht.

Die Vormittagsstunden vergehen recht schnell und beide fahren mit dem Auto in die Stadt. In der Tiefgarage, eines großen Einkaufscenters, parkt Harald das Auto ab.

„Wollen wir gleich zum Essen gehen oder erst noch ein wenig durch die Geschäfte bummeln?" Dazu hat Emilia Lust. „Lass uns doch erst essen gehen und dann bummeln. Da haben wir gleich einen Verdauungsspaziergang."

Emilia ist einverstanden.

Beide gehen gleich aus der Tiefgarage, hinaus auf die Straße. Hand in Hand laufen sie zum kleinen Restaurant am Hafen.

Hier waren sie früher schon oft. Es ist so ein kleines, uriges Restaurant, aus dem man nicht gleich wieder gehen möchte. Es hat etwas Besonderes.

Was, das könnte keiner von beiden sagen, aber, die etwas dunkleren Lichter, die zur rustikalen Einrichtung passen und überhaupt, der Wirt, ist ein guter Freund der beiden. „Er wird sich sicher freuen uns zu sehen."

„Bestimmt, wir bringen ja auch Kohle."

„Ach Harald, Lutz ist nicht so, er freut sich auch über uns, selbst wenn er uns nur irgendwo, begegnen würde."

„Mag sein. So komm wir müssen schnell über die Straße." Harald und Emilia gehen schnellen Fußes, immer noch Hand in Hand über die Straße, diese an fast allen Tagen viel befahren ist.

Am Hafen ist schon mächtig Trubel. Kleine Boote fahren aus. Die Tür zum Restaurant ist bereits weit offen.

„Guten Tag, Herr Falkner, haben sie noch einen Tisch für zwei?"

Harald spricht mit lauter Stimme. „Ach guck an. Das man euch mal wieder sieht. Aber das freut mich. Schön das ihr mal wieder hergefunden habt. Ich brauche nämlich Kohle."

Emilia und Harald lachen. „Hab ich es dir nicht gesagt. Er freut sich, weil wir ihm Kohle bringen."

„So ist es Freunde. Nein, ich freue mich doch immer, euch zu sehen. Was möchtet ihr trinken? Das erste Getränk geht aufs Haus."

Emilia und Harald geben ihre Bestellung bei Lutz auf und er setzt sich noch ein wenig mit an ihren Tisch, bis die Speisen auf getafelt werden. „Heute Abend habe ich eine Gesellschaft hier. Es sind Klassenkameraden." „Hmh" nickt Harald zustimmend. „So jetzt kommt euer Essen. Ich wünsche euch einen guten Appetit. Lasst es euch gut munden." Mit diesen Worten geht Lutz zurück an die Theke.

Nach dem Essen schlendern Emilia und Harald noch auf der Promenade lang. Emilia hat nun doch keine Lust mehr auf eine Bummeltour. Hier ist es außerdem viel schöner. Das Wasser fließt vor ihrer Nase und der Fluss ist von Bäumen gesäumt, diese links und rechts vom Flussufer stehen. „Ach ist es nicht herrlich Harald?" Er drückt Emilia liebevoll und stimmt ihr zu.

An Emanuel hängt sie keinen Gedanken mehr. Ob sie ihm das Verzeihen kann? Oder vergessen? Vergessen wohl nie.

Aber darüber macht sie sich jetzt keine Gedanken, weil aus den Augen, aus dem Sinn.

Nach einem langen Spaziergang kehren beide zum Auto zurück und als sie gerade in die Tiefgarage gehen, erspähen Emilias Augen ein Paar. Es ist Emanuel, mit einer jungen Frau im Arm.

Emanuel hat sie nicht bemerkt. Doch Emilia glaubt wieder einen falschen Ausdruck in seinem Gesicht, zu erkennen.

Der Samstag plätschert so dahin. Nichts weltbewegendes geschieht und genau das ist es aber, was Emilia zu schaffen macht.

Beide sitzen nun daheim und erzählen von irgendetwas, was ihnen gerade so einfällt.

Montagmorgen, geht Harald seiner Arbeit nach und Emilia fährt wie immer mit der Straßenbahn durch das Gassenviertel, zu den Gärtners. Diesmal steigt sie eine Haltestelle früher aus. Sie ist extra eher los, um noch ein Stück zu Fuß zu laufen. Das tut ihr gut. Sie läuft vorbei, an kleinen Geschäften, diese sie sonst nur aus der Straßenbahn wahrnimmt. Die Besitzer stellen ihre Stände mit Waren, vor die Türen, mit den Artikeln die sie verkaufen möchten. Als Emilia an der Büchertruhe vorbei kommt, fällt ihr ein Buch, aus Irland auf, das in der Auslage dekoriert liegt.

Ruhig steht sie vor dem Schaufenster des Geschäftes, und hört in sich hinein. Da ist etwas ganz tief zu fühlen. Etwas was höher möchte. Doch was ist es?

Noch kann sich Emilia keinen Reim darauf machen, aber das wird schon noch.

Viel zu lang hat sie sich vor dem Geschäft aufgehalten, nun muss sie sich beeilen, damit sie zu ihrer Arbeit kommt.

Bei den Gärtners ist alles beim Alten. Staubwischen, staubsaugen, wischen, wienern und blanken.

Am frühen Nachmittag ist Emilia mit der Arbeit durch und geht wieder zurück zur Straßenbahn Haltestelle. Sie denkt dabei an die letzte Begegnung mit Emanuel, der ihr das, für sie unglaubliche gestand. Eigentlich wollte sie nie wieder an ihn denken. Doch kann sie sich immer noch nicht vorstellen, wie ein Wunsch aus einem vergangen Leben, in einem anderen, sich erfüllen kann. Sie kann sich vorstellen, das die Seele vielleicht in dem anderen Leben tief verletzt war, als ihre ging, aber das sie, sie nun, in ihrem jetzigen Leben, dafür gestraft hatte. Das würde ja heißen, dass die Seelen, alles mit sich tragen durch die Zeiten.

Verträumt steht sie an der Haltestelle, die Bahn hat Verspätung.

„Wäre es gut, wenn ich ihn noch einmal sprechen könnte." das sind Emilias Gedanken.

Hat sie sich wieder in Emanuel verliebt? Oder ist es die Liebe aus vergangener

Zeit? Er hatte sie verletzt, aber es fühlt sich so an, als ob er ihr fehlen würde.

Als die Straßenbahn kommt, steigt Emilia nicht ein, sie geht ein Stück zu Fuß und sieht sich noch einmal, an dem Buchladen die Auslage an. Hat das Buch etwas mit Emanuel zu tun? Oder nur mit dem Land an sich? Früher wollte sie immer gern nach Irland reisen, aber ihre Flugangst, das fehlenden Geld, bis Harald ihr zum Geburtstag diesen Wunsch erfüllte und sie ihn fast ausgeschlagen hätte. Heute ist sie froh, dass sie mit ihm dahin gereist war.

Emilia geht zur Haltestelle an der sie am Morgen ausgestiegen war. Hier steigt sie wieder in die Bahn und fährt nach Haus.

Harald ist noch nicht da und sie ruft Madame Bourness wieder an. Sie muss wissen, woran es liegt. Allein kommt sie nicht mehr weiter, so denkt sie.

Da sie nun schon öfter da war, bietet ihr Madame Bourness eine telefonische Beratung an. Dazu legt sie die Karten aus.

Als sie mit ihr spricht, hört Emilia sie sagen,

„Kind was haben sie denn? Es liegt alles gut da. Der Mann aus dem Ausland müsste bereits mit ihnen gesprochen haben. Sie wissen um seine Gefühle. Das vergangene Leben ist abgelöst. Der Mann mit dem sie leben, ist richtig für sie. Er hat Verständnis und wird ihnen immer zur Seite stehen. Und sie werden schon noch bemerken, er wird auch eine positive Veränderung haben."

Emilia fühlt sich wohler und fragt noch weiter nach.

„Warum fühle ich mich nicht mehr wohl, so als ob mir etwas fehlen würde? "

„Mädchen bei ihnen ist alles in Ordnung. Allerdings sehe ich bei dem Mann aus dem Ausland, Probleme, und eure Seelen sind jetzt in Liebe miteinander verbunden.

„Er hatte große Probleme schon als junger Mann. Das lies ihn sehr traurig werden. Doch wenn er mit dir zusammen ist, fühlt er sich besser. Bei dir ist der Unterschied mit oder ihn, nicht so groß."

Emilia antwortet, „Ja es war immer eine Leichtigkeit um uns, ich fühlte mich sogar verliebt in ihn, aber diese Gefühle gingen wieder, doch sie kamen immer wieder zurück. Bis auf ein Treffen, da war er sehr ruhig, aber da hatte ich auch Probleme mit meinem Mann. Doch an diesem Tag gestand er mir dann, das er seine Gefühle mich nur glaube lassen wollte."

„Siehst du Kind. Das allerdings hing noch mit dem vergangenen Leben zusammen. Er müsste sich nun auch besser fühlen. Doch ich sehe, dass er noch mal auf dich zukommen wird. Weißt du wovon ich spreche?"

Obwohl die Frau am anderen Ende der Strippe Emilia nicht sehen kann, nickt sie und spricht in das Telefon, „Ja ich glaube schon."

„Sie glauben?" kam aus dem Hörer zurück.

„Ja er ist mir wichtig."

„Kind er ist für sie wichtig, weil euere beiden Seelen einander vergeben mussten, das kommt noch, wie schon gesagt, aus einem vergangenen Leben. Er muss noch erfühlen um was es geht, sie sind schon weiter.

Emilia sieht Gedanken verloren aus dem Fenster bei dem Telefonat und fragt weiter nach. „ Wir werden uns wieder zufällig begegnen?

„Nein zufällig nicht. Seine Seele wird ihn führen. Er wird gucken, ob er sie irgendwo sehen kann. Weil er mit dem, was er ihnen gesagt hat, nicht zu recht kommt. Achten sie mal, auf ihre Gefühle Kind.

Wenn sie sich traurig fühlen, dann bitten sie, die Engel darum, wenn es nicht aus ihrer Seele kommt, diese Gefühle zu neutralisieren. Das machen sie so, wie ich es dir gerade gesagt habe. Gehen sie weg, haben sie nichts mit ihren Gefühlen zu tun. Sie sind beschützt mein Kind. Die Geistige Welt wacht über sie. Nehmen sie ihre Hilfe an."

„Ich habe es gerade fühlend gesprochen und ja sie haben recht. Es stimmt ich fühle mich wohler. Mir wird leichter in der Magengegend. Ich hatte auch schon oft das Gefühl, das es nicht meine Gefühle sind, die ich manchmal in mir spüre."

„Sehen sie Kind. Es sind Gefühle einer fremden Seele. Ihre Seele kann seiner Seele helfen. Aber entscheiden sie. Ihre Seele kann energetisch helfen, doch wenn es ihnen nicht gut tut, dann würde das auch über sie selbst gehen. Und ich glaube zu fühlen, dass das ihnen lieber wäre."

Das Gespräch beendet Emilia mit einem Danke und ja Madame Bourness hat richtig gefühlt, wenn er möchte das ich ihm helfen soll, bei was auch immer, möchte ich, das er ehrlich ist und mit mir darüber spricht und dann kann ich entscheiden.

Das Gespräch eben tat ihr gut.

Es dauert nicht lang und Harald ist auch zu Hause.

Dabei fühlt sie ein ungutes Gefühl. Wieder bittet sie die Engel um Hilfe und bevor sie alles ausgesprochen hat, ist das komische Gefühl wieder verschwunden.

Das Schloss in der Wohnungstür dreht sich und Harald tritt ein. Liebevoll begrüßt er Emilia. „Wollen wir heute Abend mal ins Kino gehen?"

„Ja Harald da waren wir schon lang nicht mehr. Müssen nur schauen, das auch was läuft, was uns interessiert."

„Hab ich schon gemacht. Fenster der Engel läuft gerade."

„Aha hab ich noch gar nicht gehört, aber für Engel bin ich zu haben." „ Das dachte ich mir schon so." dabei lächelt Harald.

Der Abend ist gerettet.

Alles in allem, war es ein guter Tag für Emilia.

Im Land Unbekannt

In der Stadt ist wie immer, mitten in der Woche, groß was los. Emilia kauft ein. Etwas verträumt, schiebt sie ihren Einkaufswagen, durch die Gänge und schaut, was sie noch braucht. Ihren Einkaufzettel hat sie zu Haus vergessen. Neben einem Regal, steht ein großer Aufsteller mit Sonderangeboten. Vor diesem steht Emanuel. Sie zögert etwas, doch schiebt dann schnell ihren Wagen in einen anderen Gang. Warum, das weiß sie gar nicht. Doch sie weiß es. Sie möchte ihm nicht begegnen. Langsam bewegt sie sich und nichtsahnend, kommt Emanuel von der anderen Seite des Ganges auf sie zu.

„Emilia. Wie geht es dir?"

Er ist freundlich, doch fühlt sich zu mindestens unsicher. „Danke gut, und hoffentlich besser, als dir. Dass du dich noch mal getraust mich anzusprechen, spricht das für dich oder für mich? Ich muss weiter." Mit diesen Worten lässt sie Emanuel im Gang stehen und schiebt ihren Einkaufswagen weiter durch die Gänge. Am liebsten würde sie ja, das Center sofort verlassen, es ist ihr unangenehm, dass er hier ist. „Aber warum? Sie hatte nichts Schlechtes getan. Er war doch derjenige, der ihr Gefühle vorgaukeln wollte, sie auch noch küsste. Ja sie war auch nicht ehrlich, sie hatte sich verliebt in ihn gefühlt und hatte ihm auch etwas anderes vorgegaukelt. Aber sie hatte ihn nicht geküsst und ihm was anderes glauben lassen wollen. Emilia ist wütend auf ihn. „Warum tat er das?" In ihr wächst das Gefühl, sich damit trotzdem noch einmal, genauer auseinander setzen zu müssen, aber nicht jetzt.

Doch nun fiel Emilia wieder ein, dass sie ihn unlängst mit einer anderen Frau im Arm sah. „Wird er mit ihr auch so umspringen?" Ihre Augen suchen ihn. An der Käsetheke sieht sie Emanuel stehen. Sie schiebt ihren Wagen an die Seite und geht zu ihm.

Er wird bedient, und als er sein Stück Käse in Empfang nimmt, spricht Emilia sofort los. „Ich habe dich mit einer Frau letztens im Arm gesehen. Machst du mit ihr das Gleiche? Tust du ihr auch weh?" Dabei muss Emilia sich sehr zurücknehmen, in ihr kocht es hoch. Ihre Gefühle könnte man mit einem gleich, ausbrechenden Vulkan vergleichen, der Feuer spukt und Emanuel verbrennt.

„Emilia nicht hier. Gern können wir über alles sprechen, bitte aber nicht hier. Wenn es dir wichtig ist, lass uns treffen. Ich kann verstehen das du verletzt bist und auch wütend. Ich habe das sicher nicht anders verdient. Aber lass uns in Ruhe darüber sprechen."

Auf eine unerklärliche Weise für Emilia, beruhigen seine Worte sie. Aus dem ausbrechenden Vulkan wird wohl nichts.

Damit hätte sie nie gerechnet, dass er sich mit ihr darüber unterhalten möchte.

„Gut. Einverstanden. Aber ich bestimme wann und wo. Heute nicht." Emilia ist überzeugend und Emanuel fühlt eine andere Seite an ihr, bestimmend und hart. Er weiß nicht, wie er damit umgehen soll, und so stimmt er ihr zu, schließlich hat er ja etwas gutzumachen. Oder?

„Wann schlägst du dann also vor?"

„Freitagnachmittag 15.30 Uhr am Café, aber da treffen wir uns nur. Ich möchte natürlich keinen Kaffeeklatsch, sondern Antworten Emanuel. Wir können ja auf der Promenade gehen. Bete, dass das Wetter mitspielt." Mit dieser Ansage geht Emilia. Emanuel schleicht sich auch davon.

Ist Emilia nun doch noch in ihn verliebt?

Oder brauchte sie nur einen Anfang um mit ihm noch einmal sprechen zu können?

Das zweite findet sie eher zutreffend.

Emilia kommt zu Hause an und verstaut die gekauften Lebensmittel in den Schränken. Ein wenig hat sie sich beruhigt, doch sie fühlt, sie sollte sich Gedanken um das Geschehene machen.

Als sie alles verräumt hat, macht sie sich einen Kaffee und geht zum Sofa. Sie legt sich nieder und weiß nicht so recht, wo sie anfangen soll. Bei Madame Bourness klang das immer so einfach und geordnet, wenn sie über ihr Leben sprach, doch sie selbst hat ein Gefühl, sie kreist um etwas, was ihr nicht bewusst werden möchte, oder gar soll.

So beginnt sie, mit dem Gedanken, als Emanuel in ihr Leben kam. „Damals rempelte er sie auf der Straße an. Aber wer war sie zu diesem Zeitpunkt? Ich war eine verheiratete Frau, die sich von ihrem Mann zurückgezogen hatte. Gemeinsam hatten wir viel von und auch miteinander gelernt, und als das mit dem Lernen weniger wurde, kriselte es, aber nur bei Emilia. Oft wünschte sie sich einen anderen Mann. Soll das Emanuel sein?

Hat man ihn aus dem Universum für sie gesendet?

Oft hat sie an die Engel den Wunsch abgegeben, dass sie gern glücklich sein möchte, mit dem Mann, dessen Liebe sie auch fühlen kann. Harald sagte oft, dass er sie liebt und er tat sehr viel für sie, was sie auch sah, aber das fühlte sie alles nicht. Wenn er zu ihr sagte, ich liebe dich, dann hörte sie diese Worte, sah seinen schmachtenden Blick, aber sie fühlte es nicht. Das tat ihr sehr weh. Und für Harald war das auch nicht schön. Aber er tat immer so, als ob alles gut wäre, obwohl sie schon oft, mit ihm darüber gesprochen hatte. Hatte er Angst dass sie gehen würde. Wir haben keine Freunde, keine Familie mehr, jeder von uns wäre erst einmal ganz allein gewesen, wenn wir uns getrennt hätten. Emotional hatte ich mich zurückgezogen. Er war auch ständig immer da. Ich konnte ihn gar nicht vermissen. Wie soll ich dann Liebe fühlen, wenn ich total überschüttet werde, und kaum noch Luft bekomme. Ich hatte zu tun, dass meine Wünsche überleben, nämlich vor allem die Liebe zu fühlen. Was Harald zu viel sagte, sagte ich zu wenig, aber ich konnte nicht sagen, ich liebe dich, weil ich es nicht fühlte, ich fühlte nicht seine Liebe und konnte sie so auch nicht erwidern.

Emanuel war gleich so erfrischend. Er klappste rum. Das gefiel mir, aber etwas hielt mich auch zurück, weiß ich schon warum?

Hat es mit dem Kuss zu tun? Mit seiner Verletzung, die er mir zufügte? Ein Mann aus einem vergangenen Leben, das sagte Madame Bourness. Und er kommt aus dem Ausland. Das würde jeden falls stimmig sein. Emanuel stammt aus Irland."

Emilia trinkt einen Schluck Kaffee und bemerkt dass er nur noch lauwarm ist. „Den hätte ich mir nicht machen sollen." Mit diesen Worten macht sie sich wieder lang auf dem Sofa und hangelt sich an dem Faden lang, den sie gesponnen hat.

Ist Emanuel der Mann, den ich mir unbewusst gewünscht habe?

Ich fühlte etwas für ihn, ich liebte ihn. Doch waren es nicht immer meine Gefühle, und seit er mich so verletzte, ist das Gefühl weg und auch die Stimmen in mir. Nun er sagte, er wollte es mich nur glauben lassen. Vielleicht hing es mit dem alten Leben zusammen? Fühlte er vielleicht, dass ich doch Gefühle für ihn hegte? Und was ist, wenn er nur das wollte? Nur meine Gefühle? Nicht aber mich? Könnte das sein? Etwas in mir, hatte mich immer wieder gewarnt. Ich wollte ihm meine Gefühle auch nicht zeigen. Seltsam."

Emilia fühlt immer noch, Emanuel umgibt wohl ein Geheimnis. Würde sie je dahinter kommen?

„Also, wenn ich einen Menschen liebe, dann möchte ich mit ihm auch zusammen sein, mit ihm gemeinsam leben. Harald liebt er mich von ganzen Herzen? Er möchte immer mit mir zusammen sein. Dann würde ja mit meinen Gefühlen, etwas nicht stimmen. Ich fühle nur, wenn er mich mal sein lässt, zieht er mich auch wieder an. Das tun wir zur Zeit und ich fühle mich besser. Aber Emanuel? Der Mann aus der Vergangenheit. Mir lässt es keine Ruhe. Ich hatte zwei Visionen. Vielleicht auch zwei Männer?

Vielleicht habe ich in meinem jetzigen Leben zwei Seelen, mit denen ich bereits schon einmal gelebt habe?

Und wenn ich mich hin und hergerissen fühle zwischen zwei Männern, auch wenn einer nichts von mir will, könnte es doch sein, dass es in dem vergangen Leben auch so war. Mit einem habe ich gelebt und das wäre der, der mir an den Hals ging, so wie in der Vision aus der Vergangenheit. Doch bin ich gegangen weil er gewalttätig war oder ist er es geworden, weil ich gehen wollte?

Doch wenn jemand gewalttätig wird wenn man geht, dann war die Energie doch auch schon vorher da? Vielleicht ist meine Seele gegangen, weil sie damals der Gewalt ausgesetzt war. Dann glaube ich, war es Haralds Seele. Harald ist überhaupt nicht gewalttätig, Gott sei Dank. Er ist liebevoll. Aber als ich ihm mal davon erzählte, von der Vision und das ich tatsächlich ein Problem hatte, wenn mir jemand aus Spaß an den Hals wollte, hat er es ausprobiert.

Das würde heißen, das Haralds Seele in diesem Leben etwas an meiner Seele wieder gut zu machen hat. Darum diese große Liebenswürdigkeit. Und ich lebe mit ihm, weil meine Seele ihm vergeben hat, in dem sie mit ihm, gegen seine Krankheiten kämpfte. Ich glaube es fühlt sich gerade so in mir an. Doch was ist das mit Emanuel? Er hat mich in diesem Leben verletzt, muss ich ihm dann auch helfen, als Beweis meiner Vergebung. Er ist dann die andere Seele zu der ich wollte, in meinem vergangen Leben? Aber dann muss ja etwas vorgefallen sein. Denn sonst hätte er mir jetzt nicht weh tun können. Oder?

Bin ich vielleicht zu Haralds Seele damals zurück gegangen? Aber warum? Wenn der Mann damals gewalttätig war.

Hat meiner Seele das etwa gefallen?

Oh mein Gott ich fühle mich leichter. Ich hab es wohl erkannt. Und die Seele Emanuels hatte damals Kummer, als ich sie wieder verlassen hatte. Und so musste sie mir in diesem Leben begegnen, um einen Ausgleich zu schaffen. Weiß Emanuel darum?

Wie soll ich denn jetzt damit umgehen? Soll ich ihm davon erzählen? Glaubt er an Wiedergeburt, so wie ich?

Doch fühle ich in mich hinein, dann wird ein leises Gefühl in mir wach, dass da noch etwas anderes mitspielt. Etwas von dem ich noch nichts weiß. Also weiter nachdenken Emilia Sommerfeld.

Ich fühle in mir dass es bald raus kommt. Ein Gefühl, dass sich nach oben schaukelt, um ausgesprochen zu werden.

Hatte seine Seele Angst sich auf Frauen einzulassen? Und wenn doch, würde er sie alle verletzen?

Fühlt Emanuel unterbewusst, dass Haralds Seele wieder eine Rolle spielt? Fühlt er unterbewusst, dass er sich wieder in meine Seele verliebt hat, aber er will mich nicht, aus der Angst heraus ich könnte ihn verlassen, wie in einem der vergangenen Leben?

Es wird mir ganz leicht in der Magengrube.

Aber es ist immer noch etwas da, was ich noch nicht erkannt habe.

Wenn seine Seele, in einem vergangen Leben so verletzt wurde, verliert man dann nicht auch den Glauben an die Liebe?

Oder gar an die Frauenwelt?

Das würde zu meiner Überlegung passen, er möchte nur mein Gefühl, fühlen. Und meine Seele führte mich, indem sie mich fühlen ließ, da stimmt etwas nicht.

Vielleicht hatte seine Seele im vergangenen Leben, den Wunsch, dass meine Seele die Gefühle eines anderen Mannes nicht empfangen darf.

Das könnte es sein. Denn ich hatte ja mit Haralds Gefühlen Schwierigkeiten. Doch wie könnte ich es lösen?

Ja und es ist ja alles nur mein Glaube. Vielleicht steigere ich mich auch in etwas hinein, das so nie geschehen war. Aber die Visionen?

Ich glaube schon, dass da etwas dran sein könnte, umsonst war ich nicht so, wie ich mich verhalten habe.

Und wenn Emanuels Seele dazu gelernt hat?

Und ihr es leid tut, dass sie damals diesen Wunsch äußerte?

Vielleicht ist dieser Wunsch, der nach vollziehbar ist, aber dennoch nicht richtig, auf sein eigenes Leben zurück gefallen. Und er hat Probleme zu bewältigen in diesem Leben, weil er ohne Gefühle bisher durch musste.

Dann müsste ich, meine Seele, ihn davon erlösen.

Durch Vergebung.

Und weil ich nicht weiß, was in meinen vergangenen Leben geschehen war, wäre es ein leichtes , seiner Seele zu vergeben, aber anscheinend sollte das nicht so sein.

Darum sein ungutes Verhalten in diesem Leben mir gegenüber.

Das würde ja heißen, ich übernehme Verantwortung für ein anderes Leben. Will ich das? Kann ich das? Das ist doch nicht meine Aufgabe. Das ist die Aufgabe einer Mutter für ihr Kind. Und ich hatte ja noch eine Vision. Vielleicht war das Kind von Emanuels Seele?

Das würde heißen, wenn man glaubt, dass Emanuels und meine Seele mindestens schon ein Leben miteinander hatten. Doch ich glaube etwas ist noch nicht stimmig.

Vielleicht möchte sich Emanuels Seele, der Männerwelt öffnen?

Könnte das sein? Ein Mann der homosexuell ist, es sogar weiß, aber immer Angst fühlt, es auszuleben. Oh mein Gott, was wäre das für ein Leben? Das müsste sich für Emanuel ja furchtbar anfühlen? Oder lebt er es heimlich aus, und das bereitet Kummer? Oder, möchte er es nicht ausleben, eben aus der Angst heraus? Möchte sich immer wieder mit Frauen schmücken, um so seine Homosexualität zu verbergen? Hat niemand in seinem Umfeld bemerkt, was ihn quälen könnte?

Ich glaube bei mir dämmerts. Doch das frage ich ihn am Freitag. Wenn ja, dann boahh!"

Erschöpft vom vielen Denken, bleibt Emilia liegen und fühlt die Liebe für Emanuel ist wie erloschen. Es ist ein Loch da, das daran erinnert, das hier mal eine kleine Pflanze Liebe wuchs. Emilia fühlt sich beschützt und schläft nach dem aufreibenden, glaubenden Erkenntnissen, ruhig auf ihrem Sofa ein.

Ein Geheimnis wird laut

Emilia und Harald leben ihr Leben. Beide haben immer mal eine neue Idee, wie sie ihr Liebesleben aufpeppen. Nach vielen Jahren Ehe ist wohl überall mal die Luft raus. Doch wenn man sich mag, schafft man das.

Für Emilia ist es immer wichtig, dass sie mit Harald über alles reden kann, was es auch sei und das erwartet sie auch von ihm.

Emilia muss heute zeitig los und wird wohl länger arbeiten müssen, die Gärtners ziehen um und sie fragten Emilia, ob sie behilflich sein könnte. Sie stimmte zu.

Die neue Wohnung der Familie, liegt noch im selben Viertel, aber nicht mehr so weit entfernt, wie früher von Emilia.

Sie könnte fast hinlaufen, zu mindestens bei schönem Wetter. Sie wäre circa 30 Minuten unterwegs. In den schönen Monaten ist das sicher eine Freude. Ansonsten, könnte sie ja mit der Bahn fahren.

Emilia trägt beim Umzug, einen Karton nach dem anderen auf die Straße, genau wie alle anderen, die helfen und dabei sieht sie wieder Emanuel.

Der Tag ist lang für Emilia und als sie am Abend aus dem Haus geht, ist sie total erschöpft. Sie möchte nur noch in ihr Bett und schlafen. Doch daraus wird nichts, Emanuel steht unmittelbar vor ihr. „Guten Abend Emilia." Sie schaut nicht schlecht, doch bemerkt wieder andere Züge, in Emanuels Gesicht, ganz anders, als im Café letztens, als Fred mit am Tisch war. Da sah er so männlich aus, wie Fred. Sie denkt an ihren Denkmarathon von gestern. An das, was sie glaubte, wie alles zusammen hängen könnte. Doch das wollte sie, alles erst am Freitag fragen. Und doch geht es ganz schnell mit dem Denken auf einmal. Fühlt sich Emanuel in Männergesellschaft wohler? Wäre das ein Indiz für seine Homosexualität?

„Guten Abend, Emanuel ich bin sehr müde, lass uns bis Freitag warten."

„Nein, ich würde gern heute mit dir reden Emilia."

„Ich weiß nicht, ob ich dir folgen kann Emanuel. Ob ich aufnahmebereit bin. Ich bin eigentlich sehr müde und mir wäre ein anderer Tag für unsere Aussprache lieber.

Wenn es dir hilft Emanuel, dann wegen mir, Morgen Nachmittag."

„Ja danke, das würde es."

Emanuel schleicht leise davon. Etwas in ihm fühlt sich nicht wohl. Vielleicht wie er sich Emilia gegenüber verhalten hatte?

Er verübelt es ihr nicht, dass sie nur noch kurz angebunden ist.

Doch er hofft sie könnte ihm eines Tages verzeihen. Es würde wohl sein Leben sehr verändern, und er könnte sich besser fühlen, glaubt er.

Emilia geht nach Haus. Obwohl die Beine schmerzen vom vielen Laufen der Treppen, aber sie braucht frische Luft. Vielleicht wollte sie Emanuel ein wenig zappeln lassen.

Zu Hause angekommen, macht sich Emilia einen Tee und sitzt mit Harald gemütlich auf dem Sofa. Der Fernseher läuft und Emilia schläft erschöpft ein.

Später macht Harald sie sanft wach, er weiß , dass er es vorsichtig tun muss, weil Emilia nicht beim Schlafen gestört werden will, sie kann da sehr ungemütlich werden, wenn man sie aus dem Schlaf holt. Doch sie macht kurz die Augen auf, und spricht, „Was schon 12 durch."

Emilia geht Harald nach ins Schlafzimmer, beide legen sich lang und Emilia fängt da an, wo sie gerade aufgehört hatte. Sie schläft wieder ein.

„Guten Morgen Harald, ich bin noch so müde. Ich komme heute etwas später nach Hause, dass du Bescheid weißt."
„Musst du länger bleiben?" fragt Harald neugierig nach.

Emilia zögert mit ihrer Antwort, soll sie ihm sagen, dass sie sich mit Emanuel trifft. Soll sie sagen es ist eine Aussprache? Dann würde er sicher wissen wollen, über was sie sich mit ihm aussprechen wollte? Sie müsste von dem Kuss erzählen. Harald wäre sicher verletzt. Doch eigentlich hat Emanuel sie geküsst, nicht anders herum und das wolle sie klären. Doch vielleicht fragt Harald dann, wenn du ihn nicht geküsst hast, dann belasse es doch dabei, was willst du da klären. Deine Gefühle etwa?

Emilia schaut Harald an und aus ihrem Munde kommt keine Antwort. Sie steht da und schaut bloß. „Emilia was ist denn? Musst du länger arbeiten? Du wirst doch wissen, warum du heute später nach Hause kommen wirst? Oder etwa nicht?"

„Ja." erwidert Emilia

„Was ja?" fragt Harald nach und fügt hinzu „Oder etwa nicht?"

„Ja. So machen wir es, und ich muss jetzt auch schon los Harald, vertrau mir bitte.

„Was ist mir ihr. Sie scheint mir durch den Wind zu sein, meine Emilia."

Emilia ist froh, dass sie Harald nichts gesagt hat, weil sie glaubt, es hätte ihn verletzt, aber sie wird ihm alles erzählen, wenn sie selber mit sich klar ist.

Der Morgen ist schön. Emilia ist zu Fuß unterwegs zu der Wohnung der Gärtners. Ihr Arbeitstag ist wie immer, und nach dem Mittag macht sich etwas Aufregung in ihr breit.

„Wie wird wohl mein Gespräch verlaufen? Aber ich werde ihn fragen? Ich muss."

Nach getaner Arbeit geht Emilia in Richtung des Cafés, vor dem sie sich treffen wollen. Ziemlich pünktlich trifft sie ein und Emanuel steht schon wartend davor.

„Also gehen wir ein paar Schritte, hinunter zur Promenade." spricht Emilia gefühllos ruhig. Aber sie fühlt ein Kribbeln in ihrem Bauch. Und denkt sich, „Hoffentlich nicht schon wieder Emilia, es darf keine Liebe sein." In diesem Moment ist das Gefühl in ihr verstummt. Schweigend gehen beide am Fluss entlang, bis Emilia das Schweigen unterbricht.

„Emanuel. Ich habe die letzten Tage viel über das Geschehene nachgedacht. Und ich glaube, ich habe für mich etwas erkannt. Ich möchte ehrlich sein, und ich möchte ‚dass auch du es bist, Emanuel.

Als ich dich damals traf, fühlte ich eine Leichtigkeit in mir, wie noch nie bei einem anderen Mann. Ja ich hatte mich auch verliebt, aber ich wollte dir das nicht zeigen, aus dem Grund, weil ich es so fühlte, dass es für mich besser sei. Deine Worte über Heiratsantrag und so, nahm ich nicht ernst, aber doch irgendwas in mir, tat dies. Am liebsten wäre ich dir ständig im deinen Hals gefallen und hätte dir gesagt, wie sehr ich mich in dich verliebt fühlte. Ich glaubte es wäre vorbei, aber ich fühle nun, das da doch noch etwas ist, aber anders als zuvor. Ich fühle nicht mehr die sexuelle Liebe zwischen uns, so wie zwischen Mann und Frau, aber eben auch Liebe. Nur habe ich Angst mit dir weiter zu verkehren, weil ich immer denken würde, du bist nicht ehrlich mit mir. Außerdem möchte ich dir erzählen, was ich glaube."

Emanuel sieht auf das Pflaster, auf das er seine Schritte setzt und sagt: „ Ja erzähl bitte, ich hör dir zu."

„Emanuel ich glaube unsere Seelen, auch die meines Mannes, kennen sich aus einem anderen, vergangenen Leben. Es mag für dich unmöglich klingen, aber für mich ist es so. Du musstest mir weh tun, vielleicht tat dir es als Mann weh und vielleicht fühltest du gar nicht warum, du dies tun musstest. Ich glaube, ich sollte deiner Seele aus einem vergangenen Leben, vergeben. In dem vergangenen Leben, liebten sich unsere Seelen. Doch meine Seele ist wieder zu der Seele von Harald zurückgekehrt. Deine Seele aber, war sehr traurig darüber, und auch sehr erbost. So wünschte sie meiner Seele, dass sie, die Gefühle eines anderen nicht fühlen kann. Und was vielleicht auch noch Bedeutung haben könnte, meines Fühlens nach, deine Seele hat sich vielleicht von der Frauenwelt verabschiedet, um sich der Männerwelt zu öffnen."

Emilia fühlt sich erleichtert und hofft Emanuel nicht getroffen zu haben. Dieser geht ruhig neben ihr, bleibt stehen und sieht Emilia an, „Bis heute habe ich mit keiner Frau wirklich Glück gehabt. Als wir uns begegneten, fühlte ich auch eine Leichtigkeit in mir. Ich wäre am liebsten immer mit dir zusammen gewesen. Und ja, ich war traurig, als du zu deinem Mann zurückfandest. Etwas in mir, ich weiß nicht warum, oder was, ließ mich fühlen, ich solle dir weh tun. Ich weiß nicht warum. Bitte glaub mir Emilia, seit dem Abend an der Straßenbahnhaltestelle, habe ich mir große Vorwürfe gemacht. Wenn du mir nun sagst, es hat mit einem anderen, vergangenen Leben zu tun, glaube ich dir, es klingt für mich auch plausibel, wenn man das so sagen kann.

Emilia ich habe mich dir nicht richtig gegenüber verhalten. Das tut mir sehr leid."
Emilia sieht zu Emanuel und doch sie fühlt nicht was er sagt.

„Nimm es mir nicht krumm, aber Emanuel, ich glaube dir nicht.

Möchtest du meine Gefühle dazu hören?"

Emanuel fühlt, dass jetzt etwas kommen könnte, das ihm weh tun kann, weil er mit der Wahrheit konfrontiert werden könnte. Doch er nickt lautlos und Emilia beginnt zu erzählen.

„Emanuel ich glaube, du fühlst sehr stark, etwas für Männer. Und es mag mit dem Wunsch zu tun haben, aus deinem vergangenen Leben. Deine Seele möchte sich der Männerwelt öffnen, doch du möchtest das nicht. Du hast Angst, was vielleicht die Leute sagen würden. Vielleicht stehst du auf beide Geschlechter, vielleicht aber, bist auch Homosexuell. Das macht dir zu schaffen. Ich habe dich beobachtet, als Fred mit uns im Café war. Deine Gesichtszüge waren härter, viel männlicher, als sie es jetzt sind. Du siehst weich aus, aber ich sehe auch, etwas Falsches in deinem Gesicht. Deine Seele fühlt sich in Frauennähe nicht sehr wohl.

Sie braucht eine andere liebende Seele, um deinen Willen zu leben."

Emanuel schluckt und sieht Emilia an. „ Was meinst du damit?"

„Emanuel du weißt es. Ich hatte dich gebeten ehrlich zu sein. Du stehst auf Männer, aber du willst es nicht wahrhaben. Du suchst dir Frauen, mit denen du dich immer wieder zeigen kannst, so dass niemand von deiner Homosexualität erfahren soll. Doch glaube mir, das funktioniert nicht. Entweder die anderen fühlen genau wie ich, und bemerken es irgendwann, auch ohne es dir zu sagen. Und ich könnte mir auch vorstellen, dass du dich nicht gut fühlst, wenn du nicht dazu stehst, was du fühlst. Ich sollte nun eine ganz ruhige Rolle in deinem Leben spielen. Oft fühlte ich mich verliebt. Auch wenn ich das zum Ende hin, nicht mehr so empfand. Gefühle die ich fühlte, habe ich von den Engeln neutralisieren lassen, wenn sie nicht zu meiner Seele gehörten und sie lösten sich auf, Aber sie kamen wieder. Zum Ende wurden sie auch weniger. Ich glaube deine Seele wollte sich meiner Gefühle bedienen, um mit anderen Frauen leben zu können, weil ich verheiratet bin und du nicht mit mir zusammen sein könntest, um andere zu täuschen, was deine Sexualität anbelangt. Vielleicht hast du durch mich,. Liebe gefühlt und hast angenommen, du könntest jetzt mit jeder Frau zusammen sein, die es mit dir auch möchte. Ich weiß es nicht, doch Emanuel dafür stehe ich nicht zur Verfügung und auch nicht meine Gefühle. Ich kann mir vorstellen, dass man überfordert sein kann, wenn man es für sich herausfindet, dass man das gleiche Geschlecht liebt. Das ist natürlich, doch ich habe jetzt mit dir darüber gesprochen und nun würde ich mir wünschen, dass du dich deinen Gefühlen stellst. Denn du tust nicht nur dir damit weh, wie es bisher gelaufen ist, sondern und vor allem anderen. Du weißt es jetzt und das Emanuel, verpflichtet dich, umzudenken und anders zu handeln. Ab genau jetzt!

Emanuel setzt sich wortlos auf die nächst stehende Bank und schaut ins Leere. So als ob er damit Emilia sagen will, „Wie hast du das nur alles herausgefunden?"

„Ich habe Angst meine Neigung offen zu zeigen Emilia. Meine Familie, meine Freunde, was meinst du was die sagen, wenn ich jetzt nach vielen Jahren offen dazu stehe."

„Emanuel wenn sie dich lieben und mögen, dann werden sie deine Ängste, die dich das Leben haben leben lassen, verstehen und vielleicht auch vergeben. Lass ihnen Zeit, das zu verarbeiten. Einen Mann, der einen Mann liebt, ist nicht schlechter, als ein Mann, der eine Frau liebt, oder eine Frau die eine Frau liebt. Nur ehrlich sollten die Gefühle sein. Ich hatte durch das Ganze auch Probleme, ich hatte sie schon etwas eher, und hatte das Gefühl wie wurden noch verstärkt dadurch. Doch ich selbst habe mir nie in meine Tasche gelogen. Ich wusste um die Gefühle für dich, in mir. Und ich habe auch mit meinem Mann darüber gesprochen. Ich wollte sogar einer Trennung in die Augen sehen. Heute bin ich froh, dass wir zusammen sind.

Kannst du denn deine Sexualität annehmen?"

„Nein, nicht wirklich, ich habe Angst davor. Wie soll ich mich einem Mann nähern? Bei Frauen fiel mir das leicht, weil ich mich nie wirklich verliebt gefühlt habe."

Emilia ist etwas traurig. Was für ein Leben musste Emanuel bisher führen?

„Es gibt doch bestimmt Lokalitäten, wo Homosexuelle nur verkehren, oder? Vielleicht nimmst du deinen Mut zusammen und gehst da mal aus und du wirst angesprochen. Das wird doch nicht anders sein, wie bei einer Frau und einem Mann. Man trinkt etwas zusammen, man tanzt, man unterhält sich, man verabredet sich, man verliebt sich ineinander. Und außerdem, ist es heute doch gar nicht mehr so. Wenn du nur offen bist dafür, wird dich schon einer finden.

Könntest du dir das so vorstellen?"

„Ja, wenn du mir das so sagst, ja. Es fühlt sich einfach an und leicht. Kannst du mir denn verzeihen Emilia?"

„Wäre dir das denn als Mensch wichtig?"

„Ja, ich glaube schon, dass es mir wichtig ist." Emanuel sieht Emilia an. „Ja ich glaube, verzeihen kann ich es, weil ich es irgendwie auch verstehen kann, aber vergessen kann ich es wohl nicht. Nicht so schnell.

Doch sollst du wissen, ich wünsche dir viel Mut und Glück, das du dein Leben mit einem liebevollen Menschen verbringen kannst, wenn du es so fühlst."

Emanuel lächelt etwas, sein Geheimnis, ist nun kein Geheimnis mehr, nicht für Emilia.

Und das Gespräch mit ihr, hat ihm Mut gemacht, zu seiner Sexualität zu stehen.

Am liebsten würde er Emilia liebevoll in den Arm nehmen. Sie hat so viel Mut bewiesen. Beide kannten sich nicht wirklich, und doch hat sie mit ihm darüber gesprochen, was sie eigentlich gar nicht wissen konnte.

Auch Emilia ist froh, dass sie den Mut aufbrachte, mit Emanuel darüber zusprechen. Für sie war es nicht einfach, einem fast Unbekannten, das zu sagen, was sie in ihm fühlend wahrnahm.

Emilia eine Heilerin, ohne das sie es wusste?

Beide gehen nebeneinander, erleichtert zurück zum Hafen.

Vor Emanuel liegt noch eine Aufgabe, wenn er sich in Zukunft wirklich glücklich fühlen möchte.

Und Emilia hat wieder einmal bestätigt bekommen, ihre Gefühle leiten sie, auf den richtigen Weg und darüber ist sie unendlich dankbar, aber auch nun, ein wenig traurig, das ihre Gefühle für Emanuel nie gelebt hätten werden können, selbst wenn sie sich dafür entschieden hätte, oder er gewollt.

Aber Emanuel lebt in der gleichen Stadt und wer sagt denn, dass sie nicht irgendwann gute Freunde sein könnten.

Doch ist sie nicht ein wenig vorschnell?

Am Hafen nun, stehen sich beide gegenüber. Emanuel würde gern Emilia die Hand zum Abschied reichen, doch Emilia macht keinerlei Andeutung, dass sie das auch möchte. Sie ist freundlich, doch anders im Verhalten, wie noch vor ein paar Minuten.

Das ist Emanuel nicht entgangen.

„Na gut, Emanuel, hier möchte ich mich von dir verabschieden. Ich habe das Gefühl, du hättest von mir mehr Verständnis erwartet. Wenn das so ist, dann muss ich dir sagen, ich kann dich irgendwie verstehen, mit deiner Angst. Aber Emanuel, das ist das eine. Zu wissen allerdings, was mit einem los ist, und trotzdem andere mit ihren Gefühlen auszunutzen, ist eine andere Sache, und diese ist für mich, nicht nachvollziehbar. Ich weiß nicht, wäre ich an deiner Stelle gewesen, wie ich mit meiner Angst umgegangen wäre. Aber ich glaube, ich hätte darüber gesprochen, mit jemandem, dem ich vertraue. Und hätte ich mich dazu entschlossen, dies doch nicht ausleben zu wollen, weil immer noch Ängste in mir sind, dann hätte ich mir einen Therapeuten gesucht. Aber ich hätte bestimmt nicht Frauen glauben lassen, dass ich sie liebe, wenn es nicht so wäre. Wie konntest du nur meine Gefühle so missbrauchen Emanuel? Machst du vor nichts halt?

„Doch mach ich. Für dich fühlte ich auch Liebe Emilia, das erste Mal in meinem Leben. Kannst du dir vorstellen, was das mit mir gemacht hat? Zu glauben man liebt die Männer und dann kommt eine Frau, die mich, mich selbst auch wieder fühlen lässt."

„Was heißt das Emanuel?"

„Ich komme zur Zeit nicht klar, was mit mir ist. Ich brauch dich um herauszufinden, ob da etwas für dich in mir ist."

„Emanuel du hattest mir gesagt, dass du mich das glauben lassen wolltest. Erinnerst du dich. Deine Gesichtsausdrücke, wenn du mit Männern zusammen warst, waren ehrlicher für mich im Ausdruck, als wenn du mit Frauen zu tun hastest. Und ich könnte dir als Partnerin nicht vertrauen, es würde immer eine Angst bleiben in mir. Deswegen muss ich dir nicht helfen, herauszufinden, ob du etwas für mich empfinden könntest, dass es für ein Leben als Paar reichen würde. Aber vielleicht, hast du die Möglichkeit durch unsere Begegnung erhalten, auch wieder etwas für Frauen zu empfinden, wenn du auf beide Geschlechter stehst. Ist möglich, aber dann solltest du genau in dich hinein hören. Damit du nicht noch mehr Frauenherzen brechen kannst. Schließlich könnte ich mir vorstellen, dass die eine oder andere, sich schon mit dir, in ein paar Jahren gesehen hatte. Sie würdest du ja enttäuscht haben. Oder waren immer alle einverstanden, dass es unverbindlich nur für eine oder zwei Nächte sein sollte.

Vorhin habe ich dir gesagt, dass ich dir verzeihen kann, nur nicht so schnell vergessen, aber, das war doch zu voreilig von mir gesprochen. Entschuldige.

Eigentlich habe ich zur Zeit kein Bedarf mehr, mir darüber Gedanken zu machen. Ich muss das für mich auch erst mal verdauen.

Und sollten wir uns je wieder über den Weg laufen, solltest du wissen, das ich dir ein Hallo sage, aber auch nicht mehr, und ich hoffe sehr, dass du nun den richtigen Weg wählst. Für dich Emanuel."

Emilia ist erstaunt, wie viel Ärger doch in ihr war, über Emanuels Verhalten. Beim Gehen, laufen Tränen über ihr Gesicht. „Wie konnte er nur mit ihren Gefühlen so spielen?" Es schmerzt sie sehr, obwohl sie ja immer ein Gefühl begleitete, er hat etwas, was nicht ausgesprochen scheint, aber dass es so kommt, das hätte sie nie angenommen. Sie beruhigt sich mit den Gedanken, dass sie nicht ihren wahren Gefühlen nachgab.

Das ist ihr ein Trost.

„Er weiß gar nicht, was er mir damit angetan hat. Wer ich jemals wieder jemanden vertrauen können?"

Emilia überlegt kurz, „Doch ich kann, meine Gefühle werden es mir verraten." Und irgendetwas in ihr, sagte ihr, dass er wohl doch auch Liebe für sie empfand, nicht wie ein Mann für eine Frau, aber anders. Sie glaubte vielleicht, wie man einen Freund lieben kann, der ehrlich mit einem umgeht. Es tut weh, aber es hilft und belügen tun einen die meisten Leute, ja und manchmal man sich selber auch.

Sie bleibt vor einem Schaufenster stehen und wischt die Tränen aus ihrem Gesicht und dabei sieht sie auf das Plakat, hinter der großen Schaufensterscheibe. Sie fährt mit der Hand durch ihre Haare und schlägt mit der Faust, leicht gegen die Scheibe. Nichts in ihr ist so, wie es einmal war. Ihre Gefühle für Emanuel waren so tief, und so tief wurde sie auch verletzt.

„Das war nun die Strafe, weil meine Seele sich damals verliebte, obwohl ich noch verheiratet war. Und in diesem Leben, geschah es wieder, nur mit einem anderen Ausgang."

Wieder wischt sich Emilia die Tränen vom Gesicht, dabei sieht sie auf die Dekoration hinter der großen Schaufensterscheibe.

„Kommen sie rein und alles wird gut."

„Ja", denkt sich Emilia „Irgendwann in den nächsten Wochen."

Etwas gefangener geht sie weiter.

„In den nächsten Tagen wird sie mit Harald sprechen." das nimmt sie sich ganz fest vor.

Heute möchte sie einfach nur noch in ihr Bett, schlafen und am besten gleich ein paar Tage durchschlafen.

Zu Hause angekommen, begrüßt Harald, Emilia. Doch er bemerkt sofort, dass etwas nicht stimmt. So lässt er sie ihren Gang tun und hofft, dass sie, wenn sie reden möchte, auf ihn zukommen wird.

Emilia geht ins gemeinsame Schlafzimmer und legt sich in ihr Bett. Es dauert etwas, bis sie einschlafen kann.

Einige Minuten später schläft sie fest und träumt.

„Sie sieht ein Parkhaus, mit bunten Autos, welche die Auffahrt nach oben fahren, allerdings sehr langsam. Weiter sieht sie einen Kalender und immer, wenn sie das Datum sieht, zu erst 12/2, 13/2 läuft es ganz schnell weiter 14/2 und wieder 15/2. Sie wundert sich."

Am nächsten Morgen, wacht sie auf und ist wie gerädert. Doch sie muss zu den Gärtners. Emanuel spielt keine Rolle mehr für sie.

Mit Harald nimmt sie ein gemeinsames Frühstück ein und entschuldigt sich für ihr Verhalten von gestern, verspricht ihm aber, am Wochenende alles zu erzählen und beruhigt ihn, dass er sich keine Sorgen machen muss, dass es irgendetwas damit zu tun haben würde, dass sie sich von ihm trennen wolle.

Harald ist sichtbar erleichtert.

Nach dem schnellen Frühstück verabschiedet sich Emilia, von Harald und macht sich auf ihren Arbeitsweg, den sie auch heute wieder per Fuß zurücklegt. Die frische Luft tut ihr gut.

Nach ein paar Minuten gehen, kommt sie wieder am Reisebüro vorbei, sieht das Plakat, dass sie schon gestern wahrnehmen konnte, ein leises Lächeln huscht über ihr Gesicht und sie sagt, „Alles ist gut."

Die erste Begegnung danach

Es sind 7 Wochen vergangen.

Emilia ist unterwegs. Harald ist noch in der Firma.

Sie möchte heute in dem Einkaufscenter hinter der Stadt einkaufen. Warum das weiß sie nicht. Aber es ist so ein Gefühl.

Zuerst schafft sie das Leergut weg. Danach schiebt sie ihren Einkaufswagen durch den großen Markt.

Vorbei an Milchregalen, an Obst und Gemüseständen, nimmt sie das heraus, was sie benötigt.

Dann geht sie weiter, an das frische Salatregal und kauft Olivensalat, den mag Harald so gern.

So geht sie langsam durch den Markt und füllt ihren Wagen.

Als sie schon sehr weit vorn, fast an den Kassen ist, sieht sie ihren Einkaufszettel durch und bemerkt, dass sie die saure Sahne, für die gefüllten Paprika, diese sie machen möchte, fehlte. Emilia lässt den Wagen stehen und begibt sich zurück an das Milchregal, dort findet sie auch die saure Sahne. Als sie um eine Ecke biegt, traut sie ihren Augen nicht. Emanuel mit einem Mann an seiner Seite, beide schieben einen Einkaufswagen und sind im Gespräch. Sie sehen beide glücklich aus, findet Emilia, die schnell weiter geht.

Sie holt die Sahne aus dem Regal und interessiert sich für die zwei. Sie schaut im Markt um sich, doch sie sind nicht mehr zu sehen. Zu mindestens nicht auf den Gängen, die Emilia zurück zu ihrem Wagen geht.

Emilia stellt sich an der Kasse an und sieht wieder zwei Männer, die Zwillinge sind, sich an der Nebenkasse anstellen.

„Komisch" denkt Emilia. „Sind das Zeichen für mich."

Als sie durch die Kasse durch ist, geht sie zum Ausgang des Marktes. Auf einmal laufen Emanuel und der Mann mit ihrem Wagen, vor ihr. Emilia geht vielleicht mit 15 Schritten hinter ihnen. Die beiden bemerken sie nicht, wieder sind sie im Gespräch. Emanuel scheint der ruhigere zu sein, er hört wieder zu, der andere spricht, obwohl er doch immer der Lustige war. Fühlt er sich wirklich glücklich?

Beide gehen noch zu dem Gemüsestand außerhalb des Marktes.

Emilia geht zu ihrem Auto und verstaut ihren Einkauf im Kofferraum. „Die beiden älteren Männer, die Zwillinge, vielleicht hat Emanuel jetzt seine Zwillingsseele gefunden?" denkt sich Emilia.

Sie schiebt ihren Wagen zurück zu den anderen die unter einer Überdachung stehen. Als sie ihren Euro wieder bekommt und sich um dreht, steht Emanuel hinter ihr, und möchte auch seinen Wagen wieder abstellen. „Emilia. Guten Tag."

„Hallo Emanuel. Du kaufst hier draußen ein?"

„Ja. Ich bin umgezogen. Ich wohne hier gleich um die Ecke. Wenn es dich interessiert, ich habe einen Partner. Wir leben zusammen in der Wohnung. Mit ihm bin ich auch hier, er wartet im Auto. Aber ich möchte dich nicht aufhalten Emilia. Schön, dass wir uns mal wieder getroffen haben. Wie geht es dir denn, wenn ich fragen darf?"

„Nein, du darfst nicht fragen. Dann wünsche ich dir alles Gute weiterhin. Ich muss." Emanuel schaut etwas traurig, gern hätte er gewusst, wie es Emilia wirklich geht. Heute schämt er sich für sein Verhalten immer noch und er hoffte, dass

Emilia ihm mal vergeben könnte. Doch ihre Reaktion eben auf seine Frage, trübt seine Hoffnung ein wenig. Emanuel denkt sich „Irgendwann treffe ich sie bestimmt wieder mal und dann versuche ich es einfach noch einmal."

Emilia fährt nach Hause.

Es vergehen einige Tage und Emilia macht sich keinerlei Gedanken, wegen der zufälligen Begegnung mit Emanuel.

Das einzige was sie sich dabei denkt, dass sie nun mehr in der Stadt einkauft, um ihm nicht wieder begegnen zu müssen, zu mindestens, nicht bald wieder.

„Ich glaube ich werde ihn nie vergessen können."

Bei den Gärtners ist alles gut.

Emilia geht immer noch gern zu ihnen arbeiten.

Das Geld ist ein Zubrot für sie und Harald.

Einige Wochen später, Emilia ist gerade von ihrer Arbeit nach Hause gekommen, läutet das Telefon. Als sie abnimmt, hört sie Emanuel sprechen. „Bitte Emilia leg nicht gleich wieder auf. Ich habe alle Emilias im Umkreis abtelefoniert, bis ich dich jetzt nun endlich an der Strippe habe. Emilia ich würde gern noch mal mit dir sprechen, mir ist es nicht egal, wie das alles gelaufen ist. Altes Leben hin oder her. Wir leben jetzt, und ich hätte mich nicht so verhalten dürfen. Und ich wollte dir danken, dass du so ehrlich warst und mit mir gesprochen hast. Du hast mir zu einem glücklicheren Leben verholfen Emilia. Bitte lass uns mal treffen und wenn ich ehrlich bin, ich kann dich nicht vergessen. Meinst du, du könntest es jetzt nach der Zeit?"

Emilia ist es nicht egal was Emanuel ihr da durch das Telefon sagt. Sie fühlt, dass er glücklich ist und sagt zu, vielleicht gibt es da wirklich noch etwas zu sagen. „Na gut, wenn dir daran so liegt, Morgen vielleicht, aber nicht am Café. Auf das reagiere ich allergisch." Emanuel lacht leise, „Kann ich verstehen Emilia, dann an der Brücke am Hafen? Gegen 16 Uhr?" „Ja das ist mir recht, dann bis morgen."

Emilia denkt nach. Was wird Emanuel wollen?

Am nächsten Tag geht Emilia wie verabredet zur Brücke am Hafen. Emanuel ist bereits da.

Beide grüßen sich mit einem Guten Tag, aber mehr auch nicht, nicht einmal ein Händedruck. Emanuel fühlt, das Emilia noch damit zu tun hat, wie er sich verhalten hatte. Aber auch er ist etwas befangen und doch freut er sich, dass sie gekommen ist.

„Was möchtest du denn noch sagen Emanuel?"

„Ich weiß dass ich Mist gemacht hatte, Emilia, aber es ist doch schon etwas her, ich hatte gehofft, wenn ich ehrlich bin, dass du mir das nicht mehr so sehr nachtragen würdest."

„Ja das glaube ich dir sogar Emanuel, doch ich fühle mich irgendwie verraten. Auch wenn ich dir meine Gefühle damals nicht gestanden hatte, aber ich könnte mir vorstellen, du hast sie wenigstens geahnt. Man fühlt doch, ob jemand etwas möchte oder nicht."

„Das stimmt Emilia, ich habe es gefühlt. Ich habe die Gefühle gemocht, weil ich so besser mit anderen Frauen zusammen sein konnte. Ich weiß, dass das ein unglaubliche Verletzung für dich sein muss."

„Nein nicht mehr. Es tut nicht mehr weh, aber ich weiß nicht, ob ich mich je wieder näher mit dir abgeben möchte. Damit meine ich, ob ich je wieder irgendein Gefühl dir entgegen bringen könnte, so etwas wie Freundschaft. Es ist doch einiges kaputt gegangen in mir, was dich betrifft.

„Aber warum hast du mir dann geholfen. Du hast damals mir zugehört und mir geraten mutig zu sein. Du hast mir erklärt wie ich einen Mann kennenlernen kann. Emilia warum?"

„Vielleicht weil meine Seele es so wollte.

Vielleicht hat meine Seele der deinen vergeben, nur ich kann es vielleicht noch nicht."

„Das verstehe ich. Einer braucht eben länger als der andere. Ehrlich gesagt Emilia, wenn du dir das auch vorstellen könntest, würde ich gern mit dir befreundet sein."

„Freundschaft?" fragt Emilia nach, so als ob sie es nicht verstanden hätte.

„Du weißt aber schon, das auch zu einer Freundschaft, Ehrlichkeit gehört?"

Emanuel sieht Emilia an und kneift seine Lippen aufeinander und nickt zustimmend „Ja Emilia ich weiß. Und ich weiß, ich könnte es schaffen. Du mit deinem Gefühl, weißt doch was stimmt oder nicht."

„Emanuel ich glaube wir verstehen uns nicht. So habe ich es mir nicht vorgestellt. Was du mir vorschlägst, sind freundliche Lügen und ja, ich würde sie sicher bemerken, nur ist das für mich, keine Option. Und deswegen glaube ich, wir sollten es lassen, das mit der Freundschaft. Ich brauch Freunde auf die ich mich verlassen kann."

Emanuel sieht auf das Wasser und denkt „Das ist eine klare Ansage.

Er hat Emilia wohl für immer verloren.

Emanuel bleibt stehen, er sieht Emilia an und spricht zu ihr:

„Nein, ich gebe nicht auf Emilia, ich würde gern dein Freund sein. Du bist ehrlich. Du bist vielleicht knallhart, aber du bist ehrlich. Zu viele Menschen waren um mich, ich hatte Angst, mich ihnen anzuvertrauen, und hoffte innerlich immer darauf, dass es schon mal irgendwer bemerken würde, und dann wäre es endlich raus und meine Angst weg. Doch es hat niemand bemerkt. Ich bin Hinz und Kunz auf die Pelle gerückt, damit sie irgendwann, irgendetwas bemerken, aber nichts" Emanuel sieht traurig aus, als er das sagt. „Vielleicht bin ich auch immer nur unterwegs gewesen, um auf keine Lösung zu kommen, warum auch immer."

„Aber dann stimmt das nicht, was du gerade sagtest, das du allen auf die Pelle gerückt wärst, damit die anderen es bemerken. Was wäre denn gewesen, wenn sie es herausgefunden und dich damit konfrontiert hätten?"

„Ich glaube nichts. Ich hätte mich erst mal zurückgenommen, weil ich mich geschämt hätte, das ich sie belogen habe."

„Emanuel ich glaube du hast noch nicht viel gelernt. Und so wird das nichts mit einer Freundschaft."

Emanuel ist das peinlich, das er schon wieder erwischt wurde, doch wie sollte er lernen, wenn er nicht so jemanden wir Emilia hatte, die ihm ehrlich begegnete.

Wenn sie nur wüsste, dass er deswegen nur mit ihren Gefühlen verbunden sein wollte und nicht mit ihr. Doch Emilia sieht das anders. Hat man sich falsch verhalten, sollte man dazu stehen und darüber mit demjenigen sprechen. Ja vielleicht sich erklären, damit das Gegenüber verstehen könnte.

Da ist Emilia ganz anders gestrickt als Emanuel.

Doch Emanuel lernt schnell dazu.

„Bitte Emilia können wir es wenigstens versuchen? Wie soll ich sonst lernen. Ich möchte lernen."

„Emanuel wie soll ich vertrauen, wenn ich jetzt schon weiß, das du nicht ehrlich sein könntest? „

Emilia möchte nicht, wirklich. Aber sie versteht auch was Emanuel meint.

Und versucht sich in seine Lage zu versetzen.

Sie wünscht sich auch einen ehrlichen Menschen als Freund, so wie er. Und wirklich vergessen konnte sie ihn nicht. Gern würde sie wissen wollen, wie es ihm geht, was er so macht. Vielleicht geht es ihm ja ähnlich.

Und es sollte ja jeder eine zweite Chance bekommen.

Auch sie hat Fehler gemacht.

„Emanuel wir werden immer ehrlich miteinander umgehen? Wollen uns verstehen? Werden unsere Freundschaft ehren? Das auch in guten wie in schlechten Zeiten ? Aber nur in Wahrheit. Nicht deine Wahrheit, nicht meine Wahrheit, sondern nur die Wahrheit."

Emanuel sieht Emilia lächelnd an und sagt „Emilia ich will."

„Ich auch." sagt Emilia erleichtert und strahlt.

„ Ich hatte so Angst dass ich dich verlieren würde."

„Das Gefühl kenne ich, allerdings habe ich es jetzt schon lang nicht mehr gefühlt. Aber ich glaubte, dich nie ganz vergessen zu können."

Wollen wir freundschaftlich einen trinken gehen?"

„Machen wir, vorn bei „Kathi" die hat das beste Wasser und den leckersten Wein."

Erleichtert geht Emanuel mit Emilia vor zum Hafen.

„Emilia woher weißt du dass ich Wein trinke?" „Wieso du, ich sehr selten, aber ich trinke auch mal Wein."

„Emilia, ich fühle was." Emilia lacht und sieht ihn an, auch Emanuel lacht und schaut zu ihr, „Du hast mich mich Wein trinken sehen über das Gefühl."

Emilia weiß, auch sie muss jetzt ehrlich sein mit ihm. „Nein, ich habe es selten fühlen können was du tust, ich habe das nur erfahren weil Harald es sah. Oft habe ich ihn gefragt, was du gerade tust."

„Ist das Liebe Emilia?"

„Vielleicht. Ich glaube schon."

„Ich auch."

Beide sind froh, dass sie noch einmal miteinander gesprochen haben. Und keiner von beiden hätte wohl wirklich gedacht, dass es noch mal ein gutes Ende nehmen würde.

Epilog

Emilia hat Emanuel vergeben. Doch vergessen für immer, das konnte sie nicht, dazu hatte sie einst zu tief für ihn gefühlt. Doch Emilia erkannte auch, dass sie seine Gefühle missbrauchte, um mit ihrem Mann, weiterleben zu können. Das beendete sie. Harald erkannte, dass er die Liebe die er braucht, um glücklich leben zu können, nicht durch Emilia allein erfahren konnte, sondern vor allem, durch seine Selbstliebe. Emilia hatte beide Seelen, die von Harald und auch die, von Emanuel um Vergebung gebeten und auch sie vergab beiden. So konnten alle drei, nun ein glückliches, ehrliches Leben führen. Alle drei hatten Seelenanteile einer Seele in sich, und haben sich nie wirklich verloren.

„Harald, Schatz, ich komme heute später nach Haus. Damit du Bescheid weißt, hörst du mich?"

„Ist gut Emilia, viel Spaß und grüß mir Emanuel."

Von Marion Jana Goeritz ebenfalls beim Verlag BoD erschienen (BoD Books on Demand, Norderstedt, nähere Informationen finden Sie unter www.BoD.de)

„Liebe für die Seele Band 1"
ISBN 978-3-7357-4045-8

„Liebe für die Seele Band 2"
ISBN 978-3-7357-7734-8

„Seelenweiß"
ISBN 978-3-7347-5769-3

„Seelen essen Liebe gern"
ISBN 978-3-7347-8706-5

„SeelenEngel" ein spiritueller Erfahrungsbericht
ISBN 978-3-7386-2588-2

„SeelenSchlüssel"
ISBH 978-3-7386-3844-8

„Seelenfarben"
ISBN 978-3-7386-3947-6

„Seelenschimmer"
ISBN 978-3-7386-4014-4

„Seelenfinden"
ISBN 978-3-7386-4037-3

„Ein Gefühl meiner Seele"
ISBN 978-3-7386-1506-7

„Seelenfrieden" Danken, Bitten, Entspannung
ein persönlicher Erfahrungsbericht
ISBN: 978-3-7386-4884-3

„Seelenweihnacht"
ISBN: 978-3-7386-5616-9

„Im Land unter dem Regenbogen" Wunderbare
Märchen und unglaubliche Geschichten
ISBN: 978-3-7392-0115-3

„Freddy und seine Geschichten"
ISBN: 978-3-7386-3321-4

„SeelenWorte"
ISBN: 978-3-7392-0455-0

„Herzanker"
ISBN: 978-3-7392-3482-3

„Im Fluss der Liebe"
ISBN: 978-3-7392-3489-2

„Seelenklänge"
ISBN: 978-3-7392-3532-5

„Liebeslied"
ISBN: 978-3-7392-3548-6

„Wahre Traumtänzerin"
ISBN: 978-3-7392-3556-1

Weitere Informationen zu Neuerscheinungen
finden Sie immer auf meiner Seite

www.buchkaleidoskop.Reikipraxis-Goeritz.de